D1158883

DU MÊME AUTEUR

Aux Éditions Gallimard

L'ENVERS ET L'ENDROIT, *essai.*

NOCES, *essai.*

L'ÉTRANGER, *roman.*

LE MYTHE DE SISYPHE, *essai.*

LE MALENTENDU suivi de CALIGULA, *théâtre.*

LETTRES À UN AMI ALLEMAND.

LA PESTE, *récit.*

L'ÉTAT DE SIÈGE, *théâtre.*

ACTUELLES :
  I. Chroniques 1944-1948.
  II. Chroniques 1948-1953.
  III. Chroniques algériennes 1939-1958.

LES JUSTES, *théâtre.*

L'HOMME RÉVOLTÉ, *essai.*

L'ÉTÉ, *essai.*

LA CHUTE, *récit.*

L'EXIL ET LE ROYAUME, *nouvelles.*

DISCOURS DE SUÈDE.

CARNETS :
  I. Mai 1935-février 1942.
  II. Janvier 1942-mars 1951.
  III. Mars 1951-décembre 1959.

JOURNAUX DE VOYAGE.

CORRESPONDANCE AVEC JEAN GRENIER.

Adaptations théâtrales

LA DÉVOTION À LA CROIX de Pedro Calderón de la Barca.

Suite de la bibliographie en fin de volume

CARNETS
D'ALBERT CAMUS

II

ALBERT CAMUS

CARNETS

II

JANVIER 1942-
MARS 1951

GALLIMARD

NOTE DES ÉDITEURS

Ce second tome des Carnets *a posé quelques problèmes aux éditeurs. Albert Camus avait laissé un exemplaire dactylographié qu'il n'avait pas revu. Pour établir le texte, Mme Albert Camus et M. Roger Quilliot se sont reportés à une dactylographie antérieure, partiellement corrigée par l'auteur, et au manuscrit. Quelques erreurs de dactylographie ont pu être corrigées et la plupart des difficultés tranchées. Dans les rares cas où subsiste une équivoque, une note en informe le lecteur. Le texte lui est soumis dans son intégralité, sauf dix-huit lignes (p. 254) concernant la santé d'une personne encore vivante. Les éditeurs ont été également amenés à remplacer quelques noms par des X aux pages 133, 143, 208, 253, 264 et 314. Deux passages, qu'Albert Camus avait transportés dans d'autres dossiers pour en faire ultérieurement usage, ont été rétablis. Ces passages sont signalés par une note.*

La relation des séjours que fit Albert Camus en Amérique du Nord (mars à mai 1946) et en Amérique du Sud (juin à août 1949) constituant un véritable journal de voyage, il a semblé plus logique de ne pas les inclure dans la présente édition. Ils seront prochainement publiés à part.

CAHIER Nº IV

janvier 1942
septembre 1945

Janvier-février.

« Tout ce qui ne me tue pas me rend plus fort. »
Oui, mais... Et qu'il est dur de songer au bonheur.
Le poids écrasant de tout cela. Le mieux est de se
taire pour toujours et de se tourner vers le reste.

*

Dilemme, dit Gide : Etre moral, être sincère. Et
encore : « Il n'y a de choses belles que celles que la
folie dicte et que la raison écrit. »

*

Se déprendre de tout. A défaut du désert, la peste
ou la petite gare de Tolstoï.

*

Gœthe : « Je me sentais assez dieu pour descendre
vers les filles des hommes. »

*

Il n'y a pas de grands crimes dont un homme intelligent ne se sente capable. Selon Gide, les grandes intelligences n'y cèdent pas *parce qu'elles s'y limite-raient.*

*

Retz calme facilement un premier soulèvement à Paris parce que c'est l'heure du souper : « Les plus échauffés ne veulent pas ce qu'ils appellent se désheu-rer. »

*

Repères étrangers
{
Tolstoï ;
Melville ;

D. de Foe ;
Cervantes.
}

*

Retz : « M. le duc d'Orléans avait, à l'exception du courage, tout ce qui était nécessaire à un honnête homme. »

*

Des gentilshommes de la Fronde rencontrant un convoi, chargent à l'épée le crucifix en criant : « Voilà l'ennemi. »

*

Il y a beaucoup de raisons à l'officielle hostilité contre l'Angleterre (bonnes ou mauvaises, politiques ou non). Mais on ne parle pas de l'un des pires motifs : la rage et le désir bas de voir succomber celui qui ose résister à la force qui vous a vous-même écrasé.

*

Le Français a gardé l'habitude et les traditions de la révolution [1]. Il ne lui manque que l'estomac : il est devenu fonctionnaire, petit bourgeois et midinette. Le coup de génie est d'en avoir fait un révolutionnaire légal. Il conspire avec l'autorisation officielle. Il refait un monde sans lever le cul de son fauteuil.

*

Épigraphe à Oran ou le Minotaure [2].
Gide. Un esprit non prévenu. « Je l'imagine à la cour du roi Minos, inquiet de savoir quelle sorte d'inavouable monstre peut bien être le Minotaure ; s'il est si affreux que cela ou s'il n'est pas charmant peut-être. »

*

Dans le drame antique, celui qui paie c'est toujours celui qui a raison, Prométhée, Œdipe, Oreste, etc. Mais cela n'a pas d'importance. De toute façon, ils finissent tous aux enfers, raison ou tort. Il n'y a ni

1. Le manuscrit portait *la grande pensée.* Un second texte corrigé — mais non de la main de Camus — donne *la révolution.* Nous avons admis que cette modification avait été faite sous sa dictée.
2. L'épigraphe qui suit, et qu'on trouvait dans l'édition originale de 1939 (Charlot), a disparu dans l'édition Gallimard (*L'Été*).

récompense, ni châtiment. D'où, à nos yeux assombris par des siècles de perversion chrétienne, le caractère gratuit de ces drames — le pathétique de ces jeux aussi.

A opposer « Le grand danger est de se laisser accaparer par une idée fixe » (Gide) et l' « obéissance » nietzschéenne. Gide encore, parlant des déshérités : « Laissez-leur la vie éternelle ou donnez-leur la révolution. » Pour mon essai sur la révolte. « Ne m'enlevez pas de ma chère petite grotte », dit la Séquestrée de Poitiers, qui y vivait dans la merde.

*

Attirance ressentie par certains esprits pour la justice et son fonctionnement absurde. Gide, Dostoïevski, Balzac, Kafka, Malraux, Melville, etc. Chercher l'explication.

*

Stendhal. On imagine l'histoire de Malatesta ou des Este racontée par Barrès et puis par Stendhal. Stendhal va prendre le style chronique, le reportage du « grand ». C'est dans la disproportion du ton et de l'histoire que Stendhal met son secret (à rapprocher de certains Américains). Précisément la même disproportion qui existe entre Stendhal et Béatrice Cenci. Manqué si Stendhal avait pris le ton pathétique. (Malgré les histoires littéraires, Tyrtée est comique et haïssable.) *Le Rouge et le Noir* a comme sous-titre *Chronique de 1830*. Les Chroniques italiennes (etc.).

*

Mars.

Le Lucifer de Milton. « Le plus loin de Lui est le
mieux... L'esprit est à soi-même sa propre demeure, il
peut faire en soi un ciel de l'enfer, un enfer du ciel...
Mieux vaut régner en enfer que servir dans les
cieux. »

Psychologie résumée d'Adam et Ève : Lui formé
pour la contemplation et le courage — elle pour la
mollesse et la grâce séduisante ; Lui pour Dieu seulement. Elle pour Dieu en lui.

*

Schiller meurt ayant « sauvé tout ce qui pouvait
l'être ».

*

Chant X de *L'Iliade.* Ces chefs poursuivis par l'insomnie, la défaite insupportable, qui se retournent,
errent, s'aiment, se réunissent et vont tenter une aventure, un raid sur l'ennemi pour « faire quelque
chose ».

Les chevaux de Patrocle pleurent dans la bataille,
leur maître étant mort. Et (chant 18) les trois grands
cris d'Achille revenu à la bataille, campé sur le fossé
de défense, étincelant dans ses armes, farouche. Et
les Troyens reculent. Chant 24. Le chagrin d'Achille
pleurant dans la nuit après la victoire. Priam : « Car
j'ai pu ce qu'aucun homme n'a encore fait sur terre,

approcher de ma bouche les mains de celui qui a tué
mes enfants. »

(Le Nectar était rouge!)

*

Ce qu'on peut dire de plus élogieux à l'égard de
l'Iliade, c'est que, sachant l'issue du combat, on partage cependant l'angoisse des Achéens pressés dans
leurs retranchements par les Troyens. (Même obser-
vation pour l'Odyssée ; on sait qu'Ulysse tuera les
Prétendants.) Que devait être l'émotion de ceux qui
entendaient pour la première fois le récit !

*

Pour une psychologie généreuse.

On aide plus un être en lui donnant de lui-même
une image favorable qu'en le mettant sans cesse en
face de ses défauts. Chaque être normalement s'efforce
de ressembler à sa meilleure image. Peut s'étendre à
la pédagogie, à l'histoire, à la philosophie, à la politique. Nous sommes par exemple le résultat de vingt
siècles d'imagerie chrétienne. Depuis 2 000 ans,
l'homme s'est vu présenter une image humiliée de
lui-même. Le résultat est là. Qui peut dire en tout
cas ce que nous serions si ces vingt siècles avaient vu
persévérer l'idéal antique avec sa belle figure
humaine ?

*

Pour un psychanalyste, le moi se donne à lui-même une continuelle représentation mais le livret en est faux.

F. Alexander et H. Staub. *Le Criminel*. Il y a des siècles on condamnait les hystériques, il viendra un temps où l'on soignera les criminels.

*

« Vivre et mourir devant un miroir », dit Baudelaire. On ne remarque pas assez « et mourir ». Vivre, ils en sont tous là. Mais se rendre maître de sa mort, voilà le difficile.

*

Psychose de l'arrestation [1]. Il fréquentait assidûment les endroits publics distingués : salles de concert, grands restaurants. Se créer des liens, une solidarité avec ces gens-là, cela fait une défense. Et puis il y fait chaud, on s'y coudoie. Il rêvait de publier des livres impressionnants qui créassent une auréole autour de son nom et le rendissent intouchable. Dans son idée, il suffirait de faire lire ses livres aux flics. Ils diraient : « Mais cet homme a de la sensibilité. C'est un artiste. On ne peut condamner une âme pareille. » Mais d'autres fois il sentait qu'une maladie, une infirmité le protégerait tout juste autant. Et comme jadis les criminels fuyaient aux déserts, lui projetait de fuir dans une clinique, un sana, un asile.

Il avait besoin de contact, de chaleur. Il récapitulait

1. Cf. le personnage de Cottard dans *La Peste*, p. 1260-1261 (Pléiade).

ses relations. « Impossible qu'on fasse ça à l'ami de
M. X., l'invité de M. Y. » Mais il n'y a jamais assez
de relations pour empêcher d'avancer le bras tranquille qui le menaçait. Alors il en venait aux épidé-
mies. Supposez un typhus, une peste, cela arrive, cela
s'est vu. C'est plausible en quelque sorte. Eh bien,
tout est transformé, c'est le désert qui vient à vous.
On n'a plus le temps de s'occuper de vous. Parce
que c'est cela : l'idée que quelqu'un, sans que vous
le sachiez, s'occupe de vous et on ne sait pas où il en
est — ce qu'il a décidé et s'il a décidé. Alors, la peste
— et je ne parle pas des tremblements de terre.

Ainsi ce cœur sauvage appelait ses prochains et
mendiait leur chaleur. Ainsi cette âme ravinée, rabou-
grie demandait aux déserts leur fraîcheur et faisait
sa paix d'une maladie, d'un fléau et de catastrophes.
(A développer.)

*

Le grand-père de A. B., à 50 ans, a jugé qu'il avait
assez fait. Dans sa petite maison de Tlemcen il s'est
couché et ne s'est plus relevé, sauf pour l'essentiel,
jusqu'à sa mort, à 84 ans. Par avarice, il n'avait jamais
voulu acheter de montre. Il évaluait le temps et surtout l'heure des repas à l'aide de deux marmites, dont
l'une était remplie de pois chiches[1]. Il remplissait
l'autre du même mouvement appliqué et régulier et
trouvait ainsi ses repères dans une journée évaluée à
la marmite.

Il avait déjà donné des signes de sa vocation en ce

1. Cf. le vieil asthmatique dans *La Peste*, p. 1313 (Pléiade).

sens que rien ne l'intéressait, ni son travail, ni l'amitié, ni la musique, ni le café. Il n'était jamais sorti de sa ville sauf un jour où, obligé de partir pour Oran, il s'arrêta à la gare la plus proche de Tlemcen, effrayé par l'aventure. Il revint alors dans sa ville par le premier train. A ceux qui s'étonnaient de sa vie pendant les 34 ans qu'il passa au lit, il disait que la religion stipulait que la moitié de la vie de l'homme était une ascension et que l'autre moitié était une descente et que dans la descente les journées de l'homme ne lui appartenaient plus. Il se contredisait d'ailleurs en remarquant que Dieu n'existait pas, sans quoi l'existence des prêtres eût été inutile mais on attribue cette philosophie à l'humeur qu'il prenait aux quêtes fréquentes de sa paroisse.

Ce qui achève son personnage, c'est le souhait profond qu'il répétait à qui voulait l'entendre : il espérait mourir très vieux.

*

Y a-t-il un dilettantisme tragique ?

*

Parvenu à l'absurde, s'essayant à vivre *en conséquence,* un homme s'aperçoit toujours que la conscience est la chose du monde la plus difficile à maintenir. Les circonstances presque toujours s'y opposent. Il s'agit de vivre la lucidité dans un monde où la dispersion est la règle.

Il s'aperçoit ainsi que le vrai problème, *même sans Dieu,* est le problème de l'unité psychologique (le travail de l'absurde ne pose réellement que le problème de l'unité métaphysique du monde et de l'esprit) et la paix intérieure. Il s'aperçoit aussi que celle-ci n'est pas possible sans une discipline difficile à concilier avec le monde. *Le problème est là.* Il faut justement la concilier avec le monde. Ce qu'il s'agit de réaliser c'est la *règle dans le siècle.*

L'obstacle, *c'est la vie passée* (profession, mariage, opinions passées, etc.), ce qui est déjà arrivé. N'éluder aucun des éléments de ce problème.

*

Détestable, l'écrivain qui parle, exploite ce qu'il n'a jamais vécu. Mais attention, un assassin n'est pas l'homme le plus désigné pour parler du crime. (Mais n'est-il pas l'homme le plus désigné pour parler de *son* crime ? cela même n'est pas sûr.) Il faut imaginer une certaine distance de la création à l'acte. L'artiste véritable se trouve à mi-chemin de ses imaginations et de ses actes. C'est celui qui est « capable de ». Il pourrait être ce qu'il décrit, vivre ce qu'il écrit. L'acte seul le limiterait, il serait celui qui a fait.

*

« Les supérieurs ne pardonnent jamais à leurs inférieurs de posséder les dehors de la grandeur. » (*Le Curé de Village.*)

Id. « Il n'y a plus de pain. » Véronique et la Vallée de Montignac croissent du *même temps.* Même symbolisme que dans *Le Lys.*

Pour ceux qui disent que Balzac écrit mal, cf. la

mort de Mme Graslin : « Tout en elle se purifia,
s'éclaircit, et il y eut sur son visage comme un reflet
des flamboyantes épées des anges gardiens qui l'entouraient. »

Étude de femme : Le récit est impersonnel — mais
c'est Bianchon qui raconte.

Alain sur Balzac : « Son génie consiste à s'installer dans le médiocre et à le rendre sublime sans le
changer. »

Balzac et les cimetières dans *Ferragus.*

Le Baroque de Balzac : les pages sur l'orgue dans
Ferragus et *Duchesse de Langeais.*

Cette flamme dont la duchesse chez Montriveau
voit le reflet ardent et indistinct rougeoie dans toute
l'œuvre de Balzac.

*

Il y a deux sortes de style : Mme de Lafayette et
Balzac. Le premier est parfait dans le détail, l'autre
travaille dans la masse et quatre chapitres suffisent à
peine à donner l'idée de son souffle. Balzac écrit bien
non pas *malgré* mais *avec* ses fautes de français.

*

Secret de mon univers : Imaginer Dieu sans l'immortalité humaine.

*

Charles Morgan et l'unité de l'esprit : la félicité de
l'intention unique — le ferme talent de l'excellence
— « le génie c'est ce pouvoir de mourir », l'oppo-

sition à la femme et à son tragique amour de la vie
— autant de thèmes, autant de nostalgies.

*

Sonnets de Shakespeare :

« Pour voir les sombres bords qui s'ouvrent aux
[aveugles ».
— Tous les fous de cet âge
Qui, mourant pour le bien, ont vécu dans le crime.

*

Les pays qui abritent la beauté sont les plus difficiles à défendre — tant on voudrait les épargner.
Ainsi les peuples artistes devraient être les victimes
désignées des peuples ingrats — si l'amour de la
liberté ne primait pas l'amour de la beauté au cœur
des hommes. C'est une sagesse instinctive — la liberté
étant la source de la beauté.

*

Calypso offre à Ulysse de choisir entre l'immortalité
et la terre de sa patrie. Il repousse l'immortalité. C'est
peut-être tout le sens de l'Odyssée. Dans le chant XI,
Ulysse et les morts devant la fosse pleine de sang —
et Agamemnon lui dit : « Ne sois pas trop bon avec
ta femme et ne lui confie pas toutes tes pensées. »

*

Remarquer aussi que l'Odyssée parle de Zeus
comme Père créateur. Une colombe tombe sur la

roche « mais le Père en crée une autre afin que le nombre soit complet ».

XVII. — Le chien Argos.

XXII. — On pend les femmes qui se sont données — cruauté incroyable.

*

Toujours pour Stendhal chroniqueur — Voir Journal, p. 28-29.

« L'extrême de la passion peut être de tuer une mouche pour sa maîtresse. » « Il n'y a que les femmes à grand caractère qui puissent faire mon bonheur. »

Et ce trait : « Comme il arrive souvent aux hommes qui ont concentré leur énergie sur un ou deux points vitaux, il avait l'air indolent et négligé. »

T. II : « J'ai tant senti ce soir que j'en ai mal à l'estomac. »

Stendhal, qui ne s'est pas trompé sur son avenir littéraire, se trompe grossièrement sur celui de Chateaubriand : « Je parierais qu'en 1913 il ne sera plus question de ses écrits. »

*

Épitaphe de H. Heine : « Il aima les roses de la Brenta. »

*

Flaubert : « Un homme en jugeant un autre est un spectacle qui me ferait crever de rire s'il ne me faisait pitié. »

Ce qu'il a vu à Gênes : « Une ville tout en marbre avec des jardins remplis de roses. »

Et « L'ineptie consiste à vouloir conclure ».

*

Correspondance Flaubert.

Tome II. « Le succès auprès des femmes est généralement une marque de médiocrité » (?)

Id. « Vivre en bourgeois et penser en demidieu » ? ? cf. l'histoire du ver solitaire.

« Les chefs-d'œuvre sont bêtes, ils ont la mine tranquille comme les grands animaux. »

« A 17 ans, si j'avais été aimé, quel artiste je ferais maintenant ! »

*

« En art, il ne faut jamais craindre d'être *exagéré*... Mais l'exagération doit être continue — proportionnelle à elle-même [1]. »

Son but : l'acceptation ironique de l'existence et sa refonte complète par l'art. « Vivre ne nous regarde pas. »

Expliquer l'homme par ce mot clé qui va loin : « Je maintiens que le cynisme confine à la chasteté. »

Id. « Nous ne ferions rien dans ce monde si nous n'étions guidés par des idées fausses » (Fontenelle).

A première vue la vie de l'homme est plus intéressante que ses œuvres. Elle fait un tout obstiné et

---

1. En haut du cahier manuscrit, on lit : « Cf. correspondance Berlioz. Traité Théologico-politique. »

tendu. L'unité d'esprit y règne. Il y a un souffle unique à travers toutes ces années. Le roman, c'est lui. A revoir évidemment.

*

Il y a toujours une philosophie pour le manque de courage.

*

La critique d'art, par peur d'être taxée de littérature, s'essaie à parler le langage de la peinture, c'est alors qu'elle est littéraire. Il faut revenir à Baudelaire. La transposition humaine, *mais objective.*

*

Mme V. au milieu odeurs viande pourrie. 3 chats. 2 chiens. dissertant sur le chant intérieur. La cuisine est fermée. Il y fait une chaleur épouvantable.
Tout le poids du ciel et de la chaleur s'appuie sur la baie. Tout est lumineux. Mais le soleil a disparu.

*

Les difficultés de la solitude sont à traiter entièrement.

*

Montaigne : Une vie glissante, sombre et muette.

*

L'intelligence moderne est en plein désarroi. La connaissance s'est distendue à ce point que le monde et l'esprit ont perdu tout point d'appui. C'est un fait que nous souffrons de nihilisme. Mais le plus admirable sont les prêches sur les « retours » [1]. Retour au Moyen Age, à la mentalité primitive, à la terre, à la religion, à l'arsenal des vieilles solutions. Pour accorder à ces baumes une ombre d'efficacité, il faudrait faire comme si nos connaissances n'existaient plus — comme si nous n'avions rien appris — feindre d'effacer en somme ce qui est ineffaçable. Il faudrait rayer d'un trait de plume l'apport de plusieurs siècles et l'indéniable acquis d'un esprit qui finalement (c'est son dernier progrès) recrée le chaos pour son propre compte. Cela est impossible. Pour guérir, il faut s'arranger de cette lucidité, de cette clairvoyance. Il faut tenir compte des lumières que nous avons pris soudain de notre exil. L'intelligence n'est pas en désarroi parce que la connaissance a bouleversé le monde. Elle est en désarroi parce qu'elle ne peut pas s'arranger de ce bouleversement. Elle ne « s'est pas faite à cette idée ». Qu'elle s'y fasse et le désarroi disparaîtra. Il ne restera que le bouleversement et la connaissance claire que l'esprit en a. C'est toute une civilisation à refaire.

*

Les seules preuves doivent être palpables.

1. Allusion aux discours et écrits de la période pétainiste.

*

« L'Europe, dit Montesquieu, se perdra par ses hommes de guerre. »

*

Qui peut dire : j'ai eu huit jours parfaits. Mon souvenir me le dit et je sais qu'il ne ment pas. Oui cette image est parfaite comme étaient parfaites ces longues journées. Ces joies étaient toutes physiques et elles avaient toutes l'assentiment de l'esprit. Là est la perfection, l'accord avec sa condition, la reconnaissance et le respect de l'homme.

Longues dunes sauvages et pures ! Fête de l'eau du matin si noire, de midi si claire, et du soir, tiède et dorée. Longs matins sur la dune et parmi les corps nus, midi écrasant, et il faudrait répéter toute la suite, dire encore ce qui a été dit. Là était la jeunesse. Là est la jeunesse et, à 30 ans, je ne désire rien d'autre que cette jeunesse à poursuivre. Mais...

*

Les livres de Copernic et de Galilée sont restés à l'index jusqu'en 1822. Trois siècles d'entêtement, c'est coquet.

*

Peine de mort. On tue le criminel parce que le crime épuise toute la faculté de vivre dans un homme.

Il a tout vécu s'il a tué. Il peut mourir. Le meurtre est exhaustif.

*

Par quoi la littérature du XIX⁰ et surtout du XX⁰ se distingue-t-elle de celle des siècles classiques ? Elle est moraliste elle aussi puisqu'elle est française. Mais la morale classique est une morale critique (exception faite pour Corneille) — négative. La morale du XX⁰, au contraire, est positive : elle définit des *styles de vie*. Voyez le héros romantique, Stendhal, (il est bien de son siècle mais c'est par là), Barrès, Montherlant, Malraux, Gide, etc.

*

Montesquieu. « Il y a des imbécillités qui sont telles qu'une plus grande imbécillité vaudrait mieux. »

*

On comprend mieux le « Retour éternel » si on l'imagine comme une répétition des grands moments — comme si tout visait à reproduire ou faire retentir les moments culminants de l'humanité. Les primitifs italiens ou la Passion selon saint Jean faisant revivre, imitant, commentant à perte de vue le « Tout est consommé » de la colline sacrée. Toutes les défaites ont quelque chose d'Athènes ouverte aux Romains barbares, toutes les victoires font penser à Salamine, etc., etc.

*

Brulard : « Mes compositions m'ont toujours inspiré la même pudeur que mes amours. »

Id. « Un salon de huit ou dix personnes dont toutes les femmes ont eu des amants, où la conversation est gaie, anecdotique et où l'on prend du punch léger à minuit et demi est l'endroit du monde où je me trouve le mieux. »

*

Psychose de l'arrestation [1] : au moment d'envoyer à son fils sa mensualité, il la majora de cent francs. C'est qu'il est poussé à l'attendrissement, à la générosité. L'angoisse le rend altruiste.

Ainsi les deux hommes traqués dans une ville toute la journée s'attendrissent dès qu'ils peuvent parler. L'un pleure, parlant de sa femme qu'il n'a pas vue depuis deux ans. Imaginez les soirs dans des villes où le traqué erre solitaire.

*

A. J. T. sur *L'Étranger.*

C'est un livre très concerté et le ton... est voulu. Il s'élève quatre ou cinq fois, il est vrai, mais c'est pour éviter la monotonie et pour qu'il y ait une composition. Avec l'aumônier, mon Étranger ne se justifie pas. Il se met en colère, c'est très différent. C'est moi alors qui explique, direz-vous ? Oui, et j'ai beau-

1. Cf. *La Peste,* p. 1261 (Pléiade).

coup réfléchi à cela. Je m'y suis résolu parce que je voulais que mon personnage soit porté au seul grand problème par la voie du quotidien et du naturel. Il fallait marquer ce grand moment. Remarquez d'autre part qu'il n'y a pas rupture dans mon personnage. Dans ce chapitre comme dans tout le reste du livre, il se borne à *répondre aux questions*. Auparavant, c'étaient les questions que le monde nous pose tous les jours — à ce moment, ce sont les questions de l'aumônier. Ainsi, je définis mon personnage négativement.

Dans tout cela naturellement, il s'agit des moyens artistiques et pas de la fin. Le sens du livre tient exactement dans le parallélisme des deux parties. Conclusion : La société a besoin des gens qui pleurent à l'enterrement de leur mère ; ou bien on n'est jamais condamné pour le crime qu'on croit. D'ailleurs je vois encore dix autres conclusions possibles.

*

Les grands mots de Napoléon. « Le bonheur est le plus grand développement de mes facultés. »

Avant l'île d'Elbe : « Un goujat vivant vaut mieux qu'un empereur mort. »

« Un homme vraiment grand se placera toujours au-dessus des événements qu'il a occasionnés. »

« Il faut vouloir vivre et savoir mourir. »

*

Critiques sur *L'Étranger*. La « Moraline » sévit. Imbéciles qui croyez que la négation est un abandon

quand elle est un choix. (L'écrivain de la Peste montre
le côté héroïque de la négation.) Il n'y a pas d'autre
vie possible pour un homme privé de Dieu — et tous
les hommes le sont. S'imaginer que la virilité est dans
le trémoussement prophétique, que la grandeur est
dans l'affectation spirituelle ! Mais cette lutte par la
poésie et ses obscurités, cette apparente révolte de l'esprit est *celle qui coûte le moins*. Elle est inopérante et
les tyrans le savent bien.

*

Sans lendemain [1].

    « Qu'est-ce que je médite de plus grand que moi
et que j'éprouve sans pouvoir le définir ? Une sorte
de marche difficile vers une sainteté de la négation
— un héroïsme sans Dieu — l'homme pur enfin.
Toutes les vertus humaines, y compris la solitude à
l'égard de Dieu.
    Qu'est-ce qui fait la supériorité d'*exemple* (la seule)
du christianisme ? Le Christ et ses saints — la
recherche d'un *style de vie*. Cette œuvre comptera
autant de formes que d'étapes sur le chemin d'une
perfection sans récompense. L'Étranger est le point
zéro. *Id.* le Mythe. La Peste est un progrès, non du
zéro vers l'infini, mais vers une complexité plus profonde qui reste à définir. Le dernier point sera le
saint, mais il aura sa valeur arithmétique — mesu-
rable comme l'homme. »

---

    1. Il semble que *sans lendemain* ait été ajouté au manuscrit après
relecture.

*

De la critique.

Trois ans pour faire un livre, cinq lignes pour le
ridiculiser — et les citations fausses.

Lettre à A. R., critique littéraire (destinée à ne pas
être envoyée).

... Une phrase de votre critique m'a beaucoup
frappé : « je ne tiens pas compte... » Comment un
critique éclairé, averti de ce qu'il entre de concerté
dans toute œuvre de l'art peut-il ne pas tenir compte,
dans la peinture d'un personnage, du *seul moment* où
celui-ci parle de lui et confie au lecteur quelque chose
de son secret ? Et comment n'avez-vous pas senti que
cette fin était aussi une convergence, un lieu privilé-
gié où l'être si épars que j'ai décrit se rassemblait
enfin...

... Vous me prêtez l'ambition de faire réel. Le réalisme est un mot vide de sens (*Mme Bovary* et *Les Pos-
sédés* sont des romans réalistes et ils n'ont rien de
commun). Je ne m'en suis pas soucié. S'il fallait donner une forme à mon ambition, je parlerais au
contraire de symbole. Vous l'avez bien senti d'ailleurs. Mais vous prêtez à ce symbole un sens qu'il
n'a pas, et pour tout dire, vous m'avez attribué gra-
tuitement une philosophie ridicule. Rien dans ce livre
en effet ne peut vous permettre d'affirmer que je crois
à l'homme naturel, que j'identifie un être humain à
une créature végétale, que la nature humaine soit
étrangère à la morale, etc., etc. Le personnage principal du livre n'a jamais d'initiatives. Vous n'avez
pas remarqué qu'il se borne toujours à *répondre aux*

questions, celles de la vie ou celles des hommes. Ainsi il n'affirme jamais rien. Et je n'en ai donné qu'un cliché négatif. Rien ne pouvait vous faire préjuger de son attitude profonde, sinon justement le dernier chapitre. Mais vous « n'en tenez pas compte ».

Les raisons de cette volonté de « dire le moins » seraient trop longues à vous donner. Mais je puis du moins regretter qu'un examen superficiel vous ait poussé à me prêter une philosophie de comptoir que je ne suis pas prêt à assumer. Vous sentirez mieux ce que j'avance si je vous précise que la seule citation de votre article est fausse (la donner et la rectifier) et qu'elle fonde ainsi des déductions illégitimes. Peut-être y avait-il une autre philosophie et vous l'avez effleurée en décrivant le mot d'« inhumanité ». Mais à quoi bon le démontrer ?

Vous penserez peut-être que c'est beaucoup de bruit pour le petit livre d'un inconnu. Mais je crois que je suis dépassé en cette affaire. Car vous vous êtes placé à un point de vue moral qui vous a empêché de juger avec la clairvoyance et le talent qu'on vous reconnaissait. Cette position est insoutenable et vous le savez mieux que personne. Il y a une frontière très imprécise entre vos critiques et celles qu'on pourra faire bientôt sous une littérature dirigée (qu'on a faites il n'y a pas si longtemps) sur le caractère moral de telle ou telle œuvre. Je vous le dis sans colère, cela est détestable. Vous ni personne n'avez qualité pour juger si une œuvre peut servir ou desservir la nation en ce moment ou à jamais. Je me refuse en tout cas à me soumettre à de semblables juridictions et c'est la raison de ma lettre. Je vous serais reconnaissant de croire en effet que j'eusse accepté avec sérénité des critiques plus graves mais formulées dans un esprit moins arrêté.

Je voudrais en tous les cas que cette lettre ne donnât pas lieu à un nouveau malentendu. Ce n'est pas une démarche d'auteur mécontent que je fais auprès de vous. Je vous demande de ne rien livrer de cette lettre à la publication. Vous n'avez pas vu souvent mon nom dans les revues d'aujourd'hui dont l'entrée est pourtant bien facile. C'est que n'ayant rien à y dire je n'aime pas sacrifier à la publicité. Je publie en ce moment des livres qui m'ont pris des années de travail, pour la seule raison qu'ils sont terminés et que je prépare ceux qui leur font suite. Je n'attends d'eux aucun avantage matériel ni aucune considération. J'espérais seulement qu'ils m'obtiendraient l'attention et la patience qu'on accorde à n'importe quelle entreprise de bonne foi. Il faut croire que cette exigence même était démesurée. Veuillez croire, cependant, Monsieur, à mes sentiments sincères de considération.

*

Trois personnages sont entrés dans la composition de *L'Étranger* : deux hommes (dont moi) et une femme.

*

Brice Parain. Essai sur le logos platonicien [1]. Étudie le logos comme langage. Revient à doter Platon

---

1. Albert Camus a consacré à l'essai de Brice Parain un article intitulé « Sur une philosophie de l'expression », dans *Poésie 44*, nº 17.

d'une philosophie de l'expression. Retrace effort de Platon à la recherche d'un réalisme raisonnable. Quel est le « tragique » du problème ? Si notre langage n'a pas de sens, rien n'a de sens. Si les sophistes ont raison, le monde est insensé. La solution de Platon n'est pas psychologique, elle est cosmologique. Quelle est l'originalité de la position de Parain : il considère le problème du langage comme métaphysique et non pas social et psychologique... etc., etc. Voir notes.

*

Ouvriers français — les seuls auprès desquels je me sente bien, que j'aie envie de connaître et de « vivre ». Ils sont comme moi.

*

Fin août 42.

Littérature. Se méfier de ce mot. Ne pas le prononcer trop vite. Si l'on ôtait la littérature chez les grands écrivains on ôterait ce qui probablement leur est le plus personnel. Littérature = nostalgie. L'homme supérieur de Nietzsche, l'abîme de Dostoïevski, l'acte gratuit de Gide, etc., etc.

*

Ce bruit de sources au long de mes journées. Elles coulent autour de moi, à travers les prés ensoleillés, puis plus près de moi et bientôt j'aurai ce bruit en moi, cette source au cœur et ce bruit de fontaine accompagnera toutes mes pensées. C'est l'oubli.

*

Peste. Impossible d'en sortir. Trop de « hasards »
cette fois dans la rédaction. Il faut coller étroitement
à l'idée. *L'Étranger* décrit la nudité de l'homme en
face de l'absurde. *La Peste,* l'équivalence profonde
des points de vue individuels en face du même
absurde. C'est un progrès qui se précisera dans d'autres œuvres. Mais, de plus, *La Peste* démontre que
l'absurde *n'apprend rien.* C'est le progrès définitif.

*

Panelier [1]. Avant le lever du soleil, au-dessus des
hautes collines, les sapins ne se distinguent pas des
ondulations qui les soutiennent. Puis le soleil de très
loin et par-derrière dore le sommet des arbres. Ainsi
et sur le fond à peine décoloré du ciel on dirait d'une
armée de sauvages empennés surgissant de derrière
la colline. A mesure que le soleil monte et que le ciel
s'éclaire, les sapins grandissent et l'armée barbare
semble progresser et se masser dans un tumulte de
plumes avant l'invasion. Puis, quand le soleil est assez
haut, il éclaire d'un coup les sapins qui dévalent le
flanc des montagnes. Et c'est apparemment une
course sauvage vers la vallée, le début d'une lutte
brève et tragique où les barbares du jour chasseront
l'armée fragile des pensées de la nuit.

1. Pour des raisons de santé, Camus passa plusieurs mois, de
l'hiver 1942 au printemps 1943, à Panelier, près du Chambon-
sur-Lignon.

*

Ce qui est émouvant dans Joyce ce n'est pas l'œuvre, c'est le fait de l'avoir entreprise. A distinguer
ainsi le pathétique de l'entreprise — qui n'a rien à
voir avec l'art — et l'émotion artistique à proprement
parler.

*

Se persuader qu'une œuvre d'art est chose humaine
et que le créateur n'a rien à attendre d'une « dictée »
transcendante. *La Chartreuse, Phèdre, Adolphe*
auraient pu être très différents — et non moins
beaux. Cela dépendait de leur auteur — maître
absolu.

*

Un essai sur la France dans bien des années ne
pourra pas se passer d'une référence à l'époque actuelle.
Cette idée venue dans un petit train départemental [1]
en voyant défiler, massés dans des gares minuscules,
ces visages et ces silhouettes de Français qu'il me sera
difficile d'oublier : vieux couples de paysans, elle par-
cheminée, lui le visage lisse, éclairé de deux yeux
clairs et d'une moustache blanche — silhouettes que
deux hivers de privations ont tordues, vêtues de cos-
tumes luisants et reprisés. L'élégance a quitté ce

---

1. Camus se rendait chaque semaine du Chambon-sur-Lignon
à Saint-Étienne, pour y recevoir des soins.

peuple que la misère habite. Dans les trains les valises sont fatiguées, fermées avec des ficelles, rafistolées avec du carton. Tous les Français ont l'air d'émigrants.

Id. dans les villes industrielles — ce vieil ouvrier aperçu à sa fenêtre, muni de besicles, et qui profite de la dernière lumière du jour pour lire, son livre sagement posé à plat entre ses deux mains étalées.

A la gare, tout un peuple pressé absorbe sans rechigner une nourriture infâme et puis sort dans la ville obscure, se coudoient sans se mêler et regagnent hôtel, chambre, etc. Vie désespérante et silencieuse que la France tout entière supporte dans l'attente.

Vers le 10, le 11, le 12 du mois, tout le monde fume. Le 18, impossible de trouver du feu dans la rue. Dans les trains on parle de la sécheresse. Elle est moins spectaculaire ici qu'en Algérie mais elle n'en est pas moins tragique. Un vieil ouvrier raconte sa misère : ses deux pièces à une heure de Saint-Étienne. Deux heures de route, huit heures de travail — rien à manger à la maison —, trop pauvre pour utiliser le marché noir. Une jeune femme fait des heures de lavage parce qu'elle a deux enfants et que son mari est revenu de la guerre avec un ulcère à l'estomac. « Il lui faudrait de la viande blanche bien grillée. Où vous allez trouver ça. On lui a fait un certificat de régime. Alors on lui donne 3/4 de litre de lait mais on lui supprime les matières grasses. Où avez-vous vu qu'on peut nourrir un homme avec du lait ? » Il lui arrive qu'on lui vole le linge de ses clients, il faut qu'elle le paye.

Pendant ce temps la pluie noie le paysage crasseux d'une vallée industrielle — le parfum âcre de cette

misère —, l'affreuse détresse de ces vies. Et les autres
font des discours.

Saint-Étienne au matin dans la brume avec les
sirènes qui appellent au travail au milieu d'un fouillis
de tours, de bâtiments et de grosses cheminées portant à leur sommet vers un ciel enténébré leur dépôt
de scories comme un monstrueux gâteau sacrificiel.

*

Budejovice, acte III [1]. La sœur revient après suicide
de la mère.
Scène avec la femme : — Au nom de quoi parlez-
vous ?
— Au nom de mon amour.
— Qu'est-ce que c'est ?
La sœur sort pour la fin. La femme hurle et pleure.
Entre la servante taciturne, attirée par les pleurs :
— Ah vous, vous du moins aidez-moi !
— Non. (Rideau.)

*

Toutes les grandes vertus ont une face absurde.

*

Nostalgie de la vie des autres. C'est que, vue de
l'extérieur, elle forme un tout. Tandis que la nôtre,

1. Notes pour *Le Malentendu,* acte III, scène III, p. 174
(Pléiade).

vue de l'intérieur, paraît dispersée. Nous courons
encore après une illusion d'unité.

*

La science explique ce qui fonctionne et non ce
qui *est*. Ex : pourquoi des espèces diverses de fleurs
et non pas une seule ?

*

Roman. « Il l'attendait le matin au coin d'un pré
sous de grands noisetiers dans le vent froid de l'automne. Bourdonnement sans chaleur des guêpes, le
vent dans les feuilles, un coq entêté à chanter derrière
les collines, des aboiements creux, de loin en loin un
croassement de corneille. Entre le ciel sombre de
septembre et le sol humide, il avait l'impression
d'attendre l'hiver en même temps que Marthe. »

*

L'accouplement avec les bêtes supprime la conscience de *l'autre*. Il est « liberté ». Voilà pourquoi il
a attiré tant d'esprits, et jusqu'à Balzac.

*

Panelier. Première pluie de septembre avec un léger
vent qui mêle les feuilles jaunes à l'averse. Elles
planent un moment et puis le poids d'eau qu'elles
transportent les plaque brusquement à terre. Quand

la nature est banale, comme ici, on aperçoit mieux le changement des saisons.

*

Enfance pauvre. L'imperméable trop grand — la sieste. La canette Vinga — les dimanches chez la tante. Les livres — la bibliothèque municipale. Rentrée le soir de Noël et le cadavre devant le restaurant. Les jeux dans la cave (Jeanne, Joseph et Max). Jeanne ramasse tous les boutons, « c'est comme ça qu'on devient riche ». Le violon du frère et les séances de chant — Galoufa.

*

Roman. Ne pas mettre « La Peste » dans le titre. Mais quelque chose comme « Les Prisonniers ».

*

Avakkum [1] avec sa femme dans les glaces de Sibérie, à pied. L'archiprêtresse : « En avons-nous pour longtemps à souffrir, archiprêtre ? » Avakkum : « Fille de Marc, jusqu'à la mort. » Et elle, en soupirant : « Bien, fils de Pierre, alors cheminons encore. »

*

I Corinthiens, VII, 27 : « Tu es lié à femme, ne

---

1. Memoires d'Avakkum, traduits du russe par Pierre Pascal, 1939, Gallimard.

cherche point à être délié. Tu es délié, alors ne cherche point femme. »

Luc, VI, 26 : « Malheur à vous quand tous les hommes diront du bien de vous. »

En tant qu'apôtre, Judas faisait des miracles (Saint Jean Chrysostome).

*

Tchouang Tseu (3ᵉ des grands taoïstes — 2ᵉ moitié du IVᵉ siècle av. J.-C.) a le point de vue de Lucrèce : « Le grand oiseau s'élève sur le vent jusqu'à une hauteur de 90 000 stades. Ce qu'il voit de là-haut sont-ce des troupes de chevaux sauvages lancées au galop. »

*

Jusqu'à l'ère chrétienne, le Bouddha n'est pas représenté parce qu'il est nirvané c'est-à-dire dépersonnalisé.

*

Selon Proust, ce n'est pas que la nature imite l'art. C'est que le grand artiste nous apprend à voir dans la nature ce que son œuvre, de façon irremplaçable, a su en isoler. Toutes les femmes deviennent des Renoir.

« Au pied du lit, convulsée par tous les souffles de cette agonie, ne pleurant pas mais par moments trempée de larmes, ma mère avait la désolation sans pensée d'un feuillage que cingle la pluie et retourne le vent. » *Gu* [1].

« Les créatures qui ont joué un grand rôle dans notre vie, il est rare qu'elles en sortent tout d'un coup de façon définitive. » *Gu.*

La Recherche du Temps Perdu est une œuvre héroïque et virile,

1) par la constance de la volonté créatrice ;

2) par l'effort qu'elle demande à un malade.

« Quand des crises m'avaient forcé à rester plusieurs jours et plusieurs nuits de suite non seulement sans dormir mais sans m'étendre, sans boire et sans manger, au moment où l'épuisement et la souffrance devenaient tels que je pensais n'en sortir jamais, je pensais à tel voyageur jeté sur la grève, empoisonné par des herbes malsaines, grelottant de fièvre dans ses vêtements trempés par l'eau de mer, ᵊt qui pourtant se sentait mieux au bout de deux jours, reprenant au hasard sa route, à la recherche d'habitants quelconques qui seraient peut-être des anthropophages. Leur exemple me tonifiait, me rendait l'espoir, et j'avais honte d'avoir eu un moment de découragement. » (Sodome et Gomorrhe).

*

Il ne couche pas avec une putain qui l'aborde et dont il a envie parce qu'il n'a qu'un billet de mille francs sur lui et qu'il n'ose pas lui demander la monnaie.

1. *Gu* pour Guermantes.

*

Sentiment inverse de celui de Proust : devant
chaque ville, chaque nouvel appartement, chaque
être, chaque rose et chaque flamme, s'émerveiller de
leur nouveauté en pensant à ce que l'habitude va en
faire — chercher dans l'avenir la « familiarité »
qu'ils vous donneront, se mettre en quête du temps
qui n'est pas encore venu.

Exemple :
La nuit, les arrivées solitaires dans les villes inconnues — cette sensation d'étouffement, ce dépassement
par un organisme mille fois plus complexe. Il suffit
que le lendemain on repère la rue principale, tout
s'ordonne par rapport à elle et nous nous installons.
Collectionner les arrivées nocturnes dans les villes
étrangères, vivre de la puissance de ces chambres
d'hôtel inconnues.

*

Dans le tram : « Il est né normalement. Mais huit
jours après, ses paupières se sont collées. Alors, forcément, ses yeux ont pourri. »

*

Comme lorsque nous sommes attirés vers certaines
villes (presque toujours celles où l'on a déjà vécu) ou
certaines vies, par les images de la sexualité — et
alors nous sommes dupes. Car, même pour les moins
spirituels d'entre nous, nous ne vivons jamais selon
la sexualité ou du moins il y a trop de choses dans

la vie de tous les jours qui n'ont rien à voir avec la sexualité. Si bien qu'après avoir péniblement incarné, et de temps en temps, l'une de ces images ou rapproché l'un de ces souvenirs, la vie se couvre de longs espaces de temps vide comme des peaux mortes. Et il faut alors désirer d'autres villes.

*

Critiques sur *L'Étranger* : l'Impassibilité, disent-ils. Le mot est mauvais. Bienveillance serait meilleur.

*

Budejovice (ou Dieu ne répond pas)[1]. La servante taciturne est un vieux serviteur.

La femme à la dernière scène : « Seigneur, ayez pitié de moi, tournez-vous vers moi. Entendez-moi, Seigneur. Tendez-moi votre main. Seigneur, ayez pitié de ceux qui s'aiment et qui sont séparés. »

Le vieux entre.

— Vous m'avez appelé ?

La femme : — Oui... Non... Je ne sais plus. Mais aidez-moi, aidez-moi, car j'ai besoin qu'on m'aide. Ayez pitié et consentez à m'aider.

Le vieux : — Non.

(Rideau.)

Chercher des détails pour renforcer le symbolisme.

*

Comment se fait-il que lié à tant de souffrances son visage reste pourtant pour moi celui du bonheur ?

1. Notes pour *Le Malentendu*, p. 179-180 (Pléiade).

*

Roman. Devant le corps agonisant de la femme qu'il aime : « Je ne peux pas, je ne peux pas te laisser mourir. Car je sais que je t'oublierai. Je perdrai tout ainsi et je veux te retenir de ce côté-ci du monde, le seul où je sois capable de t'étreindre », etc, etc.

Elle : « Oh ! c'est une affreuse chose de mourir en sachant qu'on sera oubliée. »

Voir toujours et exprimer *en même temps* les deux aspects.

*

Résumer clairement mes intentions avec *La Peste*.

*

Octobre. Dans l'herbe encore verte les feuilles déjà jaunes. Un vent court et actif forgeait avec un soleil sonore sur la verte enclume des prés une barre de lumière dont les rumeurs d'abeilles venaient jusqu'à moi. Beauté rouge.

Splendide, vénéneuse et solitaire comme la rouge oronge.

*

On peut voir dans Spinoza le culte de ce qui est et non de ce qui veut ou doit être — la haine des valeurs en blanc et noir, de la hiérarchie morale — une certaine équivalence des vertus et des maux dans la lumière divine. « Les hommes préfèrent l'ordre à la confusion comme si l'ordre correspondait à quelque chose de réel dans la nature » (App., liv. Ier).

Ce qui serait inconcevable pour lui ce n'est pas que Dieu ait créé l'imperfection en même temps que la perfection, c'est qu'il ne l'ait pas créée. Car ayant la puissance de créer toute la gamme du parfait à l'imparfait, il ne pouvait manquer de le faire. Ce n'est fâcheux que de notre point de vue qui n'est pas le bon.

Ce Dieu, cet univers sont immobiles et les raisons s'en harmonisent. Tout est donné une fois pour toutes. A nous, s'il nous plaît, d'en démêler les conséquences et les raisons (de là la forme géométrique). Mais cet univers ne tend à rien et ne vient de rien parce qu'il est déjà accompli et qu'il l'a toujours été. Il n'a pas de tragédie parce qu'il n'a pas d'histoire. Il est inhumain à souhait. C'est un monde pour le courage.

[Un monde sans art aussi — parce que sans hasard (l'appendice du livre Ier nie qu'il y ait laid ou beau).]

Nietzsche dit que la forme mathématique ne se justifie chez Spinoza que comme moyen d'expression *esthétique*.

Voir *Éthique*, liv. Ier. Le th. XI donne quatre démonstrations de l'existence de Dieu. Th. XIV et le grand Scolie du XV qui semble nier la création.

Pourrait donner raison à ceux qui parlent du panthéisme de Spinoza ? On y trouve cependant un postulat (mot que Spinoza évite dans toute l'*Éthique*) : le vide n'existe pas (démontré il est vrai dans les ouvrages précédents).

On peut opposer le XVII et le XXIV : l'un démontrant la nécessité, l'autre pouvant servir à réintroduire la contingence. Le théorème XXV fonde le rapport de la distance et des modes. Dans le XXXI, enfin, la

volonté est contrainte. Dieu aussi par sa nature propre. Le XXXIII resserre encore ce monde si ligoté.
Il semblerait que pour Spinoza la nature de Dieu
soit plus forte que lui — mais au th. XXXIII il
déclare (contre les partisans du Souverain Bien) qu'il
est absurde de soumettre Dieu au destin.

C'est le monde du donné une fois pour toutes, du
« c'est ainsi » — la nécessité y est infinie — l'originalité et le hasard y ont une part nulle. Tout y est
monotone.

✻

Curieux. Des historiens intelligents retraçant l'histoire d'un pays mettent toutes leurs forces à préco-
niser telle politique, réaliste par exemple, à quoi sont
dues, leur semble-t-il, les plus grandes époques de ce
pays. Ils signalent d'eux-mêmes cependant que jamais
cet état de choses n'a pu durer parce qu'assez vite
un autre homme d'État ou un nouveau régime sont
venus qui ont tout gâté. Ils n'en persistent pas moins
à défendre une politique qui ne résiste pas au changement des hommes, alors que la politique tout
entière est faite du changement des hommes. C'est
qu'ils ne pensent ou n'écrivent que pour leur époque.
L'alternative des historiens : le scepticisme ou la théorie politique qui ne dépend pas du changement des
hommes (?)

✻

Ce bel effort est au génie ce que le vol saccadé du
criquet est à celui de l'hirondelle.

*

« Quelquefois, après toutes ces journées où la
volonté seule commandait, où s'édifiait heure par
heure ce travail qui n'admettait ni distraction ni
faiblesse, qui voulait ignorer le sentiment et le monde,
ah ! quel abandon me prenait, avec quel soulagement
je me jetais au cœur de cette détresse qui, pendant
tous ces jours, m'avait accompagné. Quel souhait,
quelle tentation de n'être plus rien qu'il faille cons-
truire et d'abandonner cette œuvre et ce visage si difficile qu'il me fallait modeler. J'aimais, je regrettais,
je désirais, j'étais un homme enfin...
    ... le ciel désert de l'été, la mer que j'ai tant aimée,
et ces lèvres tendues ».

*

La vie sexuelle a été donnée à l'homme pour le
détourner peut-être de sa vraie voie. C'est son opium.
En elle tout s'endort. Hors d'elle, les choses
reprennent leur vie. En même temps, la chasteté
éteint l'espèce, ce qui est peut-être la vérité.

*

Un écrivain ne doit pas parler de ses doutes en
face de sa création. Il serait trop facile de lui répondre : « Qui vous force à créer ? Si c'est une angoisse
si continue, pourquoi la supportez-vous ? » Les
doutes, c'est ce que nous avons de plus intime. Ne
jamais parler de ses doutes — *quels qu'ils soient.*

*

Les Hauts de Hurlevent un des plus grands romans d'amour parce qu'ils finissent dans l'échec et la révolte — je veux dire dans la mort sans espérance. Le personnage principal c'est le diable. Un tel amour ne peut se soutenir que par l'échec dernier qui est la mort. Il ne peut se continuer qu'en enfer.

*

Octobre.

Les grands bois rouges sous la pluie, les prairies toutes couvertes de feuilles jaunes, l'odeur des champignons qui sèchent, les feux de bois (les pommes de pin réduites en braises rougeoient comme les diamants de l'enfer), le vent qui se plaint autour de la maison, où trouver un automne aussi conventionnel. Les paysans maintenant marchent un peu penchés en avant — contre le vent et la pluie.

Dans la forêt d'automne, les hêtres font des taches d'un jaune d'or ou s'isolent à l'orée des bois comme de gros nids ruisselants d'un miel blond.

*

23 octobre. Début.

La Peste a un sens social *et* un sens métaphysique. C'est exactement le même. Cette ambiguïté est aussi celle de *L'Etranger*.

*

On dit : il s'en moque comme d'une mouche — et cela ne parle pas. Mais regardons mourir des mouches

engluées sur leur papier — celui qui est fait pour
elles — et nous comprenons que l'inventeur de la
formule a longuement contemplé cette agonie affreuse
et insignifiante — cette mort lente qui dégagera à
peine une petite odeur de putréfaction. (C'est le génie
qui fait le lieu commun.)

*

Idée : Il refuse tout ce qu'on lui offre, tous les bon-
heurs qui se présentent à cause d'une exigence plus
profonde. Il gâche son mariage, s'engage dans des
liaisons mal satisfaisantes, attend, espère. « Je ne sau-
rais pas bien la définir, mais je la sens. » Ainsi jusqu'à la fin de sa vie. « Non, je ne pourrai jamais la
définir. »

*

La sexualité ne mène à rien. Elle n'est pas immorale mais elle est improductive. On peut s'y livrer
pour le temps où l'on ne désire pas produire. Mais
seule la chasteté est liée à un progrès personnel.
Il y a un temps où la sexualité est une victoire —
quand on la dégage des impératifs moraux. Mais elle
devient vite ensuite une défaite — et la seule victoire
est conquise sur elle à son tour : c'est la chasteté.

*

Penser au commentaire du *Don Juan* de Molière [1].

1. Nous n'avons rien trouvé, dans les archives de Camus, qui
corresponde à un projet de commentaire.

Novembre 42.

A l'automne, ce paysage se fleurit de feuilles — les cerisiers devenant tout rouges, les érables jaunes, les hêtres se couvrant de bronze. Le plateau se couvre des mille flammes d'un deuxième printemps.

*

Le renoncement à la jeunesse. Ce n'est pas moi qui renonce aux êtres et aux choses (je ne le pourrais pas) ce sont les choses et les êtres qui renoncent à moi. Ma jeunesse me fuit : c'est cela être malade.

*

La première chose à apprendre pour un écrivain c'est l'art de transposer ce qu'il sent dans ce qu'il veut faire sentir. Les premières fois c'est par hasard qu'il réussit. Mais ensuite il faut que le talent vienne remplacer le hasard. Il y a ainsi une part de chance à la racine du génie.

*

Il dit toujours : « C'est ce que dans mon pays on appellerait... [1] » et il ajoute une formule banale qui n'est d'aucun pays. Ex. : C'est ce que dans mon pays on appellerait un temps de rêve (ou une carrière

1. Cf. les manies verbales de Grand : *La Peste,* p. 1250 (Pléiade).

éblouissante, ou une jeune fille modèle, ou un éclai-
rage féerique).

*

11 novembre. Comme des rats [1] !

*

Le matin, tout est couvert de givre, le ciel resplendit derrière les guirlandes et les banderoles d'une ker-
messe immaculée. A dix heures, au moment où le
soleil commence à chauffer, toute la campagne se
remplit de la musique cristalline d'un dégel aérien :
petits crépitements comme des soupirs de l'arbre,
chute du givre sur le sol comme un bruit d'insectes
blancs jetés les uns sur les autres, feuilles tardives
tombant sans interruption sous le poids de la glace
et à peine rebondissant à terre comme des ossements
impondérables. Tout autour, les vallons et les collines
s'évanouissent en fumées. Quand on le regarde un
peu longtemps, on s'aperçoit que ce paysage, en perdant toutes ses couleurs, a vieilli brusquement. C'est
un très vieux pays qui remonte jusqu'à nous en un
seul matin à travers des millénaires... Cet éperon couvert d'arbres et de fougères entre comme une proue
au confluent des deux rivières. Débarrassé du givre
par les premiers rayons de soleil, il reste la seule chose
vivante au milieu de ce paysage blanc comme l'éternel. A cet endroit du moins les voix confuses des
deux torrents se liguent contre le silence sans bornes

1. Le Débarquement allié en Afrique du Nord coupe Camus
de son pays et des siens.

qui les entoure. Mais peu à peu le chant des eaux
s'incorpore lui-même au paysage. Sans diminuer d'un
ton il se fait pourtant silence. Et de loin en loin il faut
le passage de trois corneilles couleur de fumée pour
mettre à nouveau dans le ciel les signes de la vie.

Assis au sommet de la proue, je poursuis cette
navigation immobile au pays de l'indifférence. Pas
moins que toute la nature et cette paix blanche que
l'hiver apporte aux cœurs trop chaleureux — pour
apaiser ce cœur dévoré d'un amour amer. Je regarde
s'élargir dans le ciel ce gonflement de lumière qui
nie les présages de mort. Signe d'avenir enfin, au-dessus de moi à qui tout parle maintenant de passé. Tais-
toi, poumon ! Gorge-toi de cet air blême et glacé qui
fait ta nourriture. Fais silence. Que je ne sois plus
forcé d'écouter ton lent pourrissement — et que je
me tourne enfin vers...

*

Saint-Étienne.

Je sais ce qu'est le dimanche pour un homme pauvre qui travaille. Je sais surtout ce qu'est le dimanche
soir et si je pouvais donner un sens et une figure à
ce que je sais, je pourrais faire d'un dimanche pauvre
une œuvre d'humanité.

*

Je n'aurais pas dû écrire : si le monde était clair,
l'art ne serait pas — mais si le monde me paraissait
avoir un sens je n'écrirais pas. Il y a des cas où il
faut être personnel, par modestie. Ajouter que la formule m'aurait contraint de mieux réfléchir et, pour

finir, je ne l'eusse pas écrite. C'est une vérité brillante, sans fondement.

*

La sexualité débridée conduit à une philosophie de la non-signification du monde. La chasteté lui rend au contraire un sens (au monde).

*

Kierkegaard. Valeur esthétique du mariage. Des vues définitives mais trop de verbiage.
Rôle de l'éthique et de l'esthétique dans la formation de la personnalité : bien plus solide et émouvant. Apologie du *général*.
Pour Kierkegaard la morale esthétique a pour fin l'originalité — et en réalité il s'agit de rejoindre le général. *Kierkegaard n'est pas mystique.* Il critique le mysticisme parce qu'il se sépare du monde — parce que justement il n'est pas dans le général. S'il y a un saut chez Kierkegaard, c'est donc dans l'ordre de l'intelligence. C'est le saut à l'état pur. Ceci au stade éthique. Mais le stade religieux transfigure tout.

*

A quel moment la vie se change en destin ? A la mort ? mais c'est un destin *pour les autres,* pour l'histoire ou pour sa famille. Par la conscience ? Mais c'est l'esprit qui se fait une image de la vie comme destin, qui introduit une cohérence là où il n'y en a pas. Dans les deux cas, il s'agit d'une illusion. Conclusion ? : il n'y a pas de destin ?

*

Utilisation immodérée d'Eurydice [1] dans la littérature des années 40. C'est que jamais tant d'amants n'ont été séparés.

*

Tout l'art de Kafka [2] consiste à obliger le lecteur à *relire*. Ses dénouements — ou ses absences de dénouements — suggèrent des explications mais qui n'apparaissent pas en clair et qui exigent que l'histoire soit relue sous un nouvel angle pour apparaître fondées. Quelquefois il y a une double ou une triple possibilité d'interprétation d'où apparaît la nécessité de deux ou trois lectures. Mais on aurait tort de vouloir tout interpréter dans le détail chez Kafka. Un symbole est toujours dans le général et l'artiste en donne une traduction en gros. Il n'y a pas de mot à mot. Le mouvement seul est restitué. Et pour le reste il faut faire la part du hasard qui est grande chez tout créateur.

*

Dans ce pays où l'hiver a supprimé toute couleur puisque tout y est blanc, le moindre son puisque la neige l'étouffe, tous les parfums puisque le froid les recouvre, la première odeur d'herbes du printemps

1. Cf. *La Peste*, p. 1379-1380 (Pléiade).
2. Cf. l'article paru dans *L'Arbalète* en 1943 et repris en appendice au *Mythe de Sisyphe*, p. 170 et sq.

doit être comme l'appel joyeux, la trompette écla-
tante de la sensation.

*

La maladie est un couvent qui a sa règle, son ascèse,
ses silences et ses inspirations.

*

Dans les nuits d'Algérie, les cris des chiens réper-
cutent des espaces dix fois plus grands que ceux d'Europe. Ils s'y parent ainsi d'une nostalgie inconnue
dans ces pays étroits. Ils sont un langage qu'aujour-
d'hui je suis seul à entendre dans mon souvenir.

*

Développement de l'absurde :
    1) si le souci fondamental est le besoin d'unité ;
    2) si le monde (ou Dieu) n'y peuvent satisfaire.
    C'est à l'homme de se fabriquer une unité, soit en
se détournant du monde, soit à l'intérieur du monde.
Ainsi se trouvent restituées une morale et une ascèse,
qui restent à préciser.

*

Vivre avec ses passions c'est aussi vivre avec ses
souffrances, — qui en est le contrepoids, le correctif,
l'équilibre et le paiement. Lorsqu'un homme a appris
— et non pas sur le papier — à rester seul dans l'intimité de sa souffrance, à surmonter son désir de
fuir, l'illusion que d'autres peuvent « partager », il
lui reste peu de choses à apprendre.

*

Supposons un penseur qui, après avoir publié quelques ouvrages, déclare dans un nouveau livre : « J'ai pris jusqu'ici une mauvaise direction. Je vais tout recommencer. Je pense maintenant que j'avais tort », plus personne ne le prendrait au sérieux. Et pourtant il ferait alors la preuve qu'il est digne de la pensée.

*

La femme, hors de l'amour, est ennuyeuse. Elle ne sait pas. Il faut vivre avec l'une et se taire. Ou coucher avec toutes et faire. Le plus important est ailleurs.

*

Pascal : L'erreur vient de l'exclusion.

*

L'équivalence dans Macbeth : « Fair is foul and foul is fair », mais elle est d'origine diabolique. « And nothing is but what is not ». Et ailleurs, acte II, scène III : « for from this instant there is nothing serious in mortality ». Garnier traduit : « The night is long that never finds the day » par : « Il n'est si longue nuit qui n'atteigne le jour » (?)

Oui [1] — « it is a tale told by an idiot, full of sound and fury, signifying nothing ».

1. Mot difficile à lire au manuscrit : on hésite entre M et oui.

*

Les dieux ont placé dans l'homme de grandes et éclatantes vertus qui le mettent à même de tout conquérir. Mais ils y ont placé en même temps une vertu plus amère qui le fait après coup mépriser tout ce qui peut être conquis.

... Jouir toujours est impossible, la lassitude vient pour finir — Parfait. Mais pourquoi ? En réalité on ne peut pas jouir toujours parce qu'on ne peut pas jouir de tout. On éprouve autant de lassitude à considérer le nombre des jouissances que, quoi qu'on fasse, on n'aura jamais, qu'à estimer celles qu'on a déjà eues. Si l'on pouvait tout embrasser, en fait, réellement, y aurait-il lassitude ?

*

Question à poser : Aimez-vous les idées — avec passion, avec le sang ? Faites-vous une insomnie de cette idée ? Sentez-vous que vous jouez votre vie sur elle ? Que de penseurs reculeraient !

*

Pour la publication du théâtre : Caligula : *tragédie* — L'Exilé (ou Budejovice) : *comédie*.

*

15 décembre.

Accepter l'épreuve, en tirer l'unité. Si l'autre n'y répond pas, mourir dans la diversité.

*

Le beau, dit Nietzsche après Stendhal, est une promesse de bonheur. Mais s'il n'est pas le bonheur même, que peut-il promettre ?

*

... C'est quand tout fut couvert de neige que je m'aperçus que les portes et les fenêtres étaient bleues.

*

S'il est vrai que le crime épuise toute la faculté de vivre chez un homme (voir plus haut) [1]... C'est en cela que le crime de Caïn (et non celui d'Adam qui, à côté, fait figure de péché véniel) a épuisé nos forces et notre amour à vivre. Dans la mesure où nous participons à sa nature et à sa damnation, nous souffrons de cette étrange vacance et cette inadaptation mélancolique qui suit les trop grandes effusions et les gestes épuisants. Caïn a vidé d'un coup pour nous toutes les possibilités de vie effective. C'est cela l'enfer. Mais on voit bien qu'il est sur terre.

*

La Princesse de Clèves [2]. Pas si simple que ça. Elle

1. P. 27.
2. Cf. « L'Intelligence et l'Echafaud », dans *Confluences*. Pléiade, p. 1887.

rebondit en plusieurs récits. Elle débute dans la com-
plication si elle se termine dans l'unité. A côté
d'Adolphe, c'est un feuilleton complexe.

Sa simplicité réelle est dans sa conception de
l'amour : Pour Mme de Lafayette, l'amour est un
péril. C'est son postulat. Et ce qu'on sent dans tout
son livre comme d'ailleurs dans *La Princesse de Mont-
pensier* ou *La Comtesse de Tende,* c'est une constante
méfiance envers l'amour. (Ce qui, bien entendu, est
le contraire de l'indifférence.)

« On lui porta sa grâce comme il n'attendait
que le coup de la mort ; mais la peur l'avait tellement saisi qu'il n'avait plus de connaissance et
mourut quelques jours après. » (*Tous* les personnages
de Lafayette qui meurent meurent de *sentiment.*
On comprend que le sentiment lui inspire un tel
effroi.)

« Je lui dis que tant que son affliction avait eu des
bornes, je l'avais approuvée et que j'y étais entré ;
mais que je ne le plaindrais plus s'il s'abandonnait
au désespoir et s'il perdait la raison. » Magnifique.
C'est la pudeur de nos grands siècles. Elle est virile.
Mais elle n'est pas sécheresse. Car c'est le même
homme (le prince de Clèves) qui dit cela et qui
mourra justement de désespoir.

« Le chevalier de Guise... prit la résolution de ne
penser jamais à être aimé de Mme de Clèves. Mais
pour quitter cette entreprise qui lui avait paru si
difficile et si glorieuse, il en fallait quelque autre dont
la grandeur pût l'occuper. Il se mit dans l'esprit de
prendre Rhodes. »

« Ce qu'avait dit Mme de Clèves de son portrait
lui avait redonné la vie en lui faisant connaître que

c'était lui *qu'elle ne haïssait pas.* » Le mot lui brûle
la bouche.

*

La pauvreté est un état dont la vertu est la générosité.

*

Enfance pauvre. Différence essentielle quand j'allais chez mon oncle [1] : chez nous les objets n'avaient
pas de nom, on disait : les assiettes creuses, le pot
qui est sur la cheminée, etc. Chez lui : le grès flambé
des Vosges, le service de Quimper, etc. — Je m'éveillais au choix.

*

Le désir physique brutal est aisé. Mais le désir en
même temps que la tendresse demande du temps. Il
faut traverser tout le pays de l'amour avant de trouver
la flamme du désir. Est-ce pour cela qu'on désire
toujours si difficilement, au début, ce qu'on aime ?

*

Essai sur la révolte [2]. La nostalgie des « commencements ». *Id.* le thème du relatif — mais le *relatif
avec passion.* Ex. : déchiré entre le monde qui ne
suffit pas et Dieu qu'il n'a pas, l'esprit absurde choi-

---

1. M. Acault, cf. Hommage à Gide (*Nouvelle N.R.F.*, novembre
1951).
2. Cf. la *Remarque sur la Révolte,* dans *L'Existence* (*1945*) qui
préfigure le chapitre Ier de *L'Homme révolté.*

sit avec passion le monde. *Id.* : partagé entre le relatif et l'absolu, il saute avec ardeur dans le relatif.

*

Maintenant qu'il en sait le prix, il est dépossédé. La condition de la possession, c'est l'ignorance. Même dans l'ordre physique : on ne possède bien que l'inconnue.

*

Budejovice (ou *L'Exilé*).

I

La mère. — Non, pas ce soir. Laissons-lui ce temps et cette halte. Donnons-nous cette marge. C'est dans cette marge peut-être que nous pourrons être sauvées.
La fille. — Qu'appelles-tu être sauvées ?
La mère. — Recevoir le pardon éternel.
La sœur. — Alors je suis déjà sauvée. Car pour tous les temps à venir, je me suis d'avance pardonné à moi-même.

II

Id. voir plus haut.
Sœur. — Au nom de quoi ?
La femme. — Au nom de mon amour.
Sœur. — Qu'est-ce que ce mot veut dire ?
(Passage).

Femme. — L'amour, c'est ma joie passée et ma douleur d'aujourd'hui.

Sœur. — Vous parlez décidément un langage que je ne comprends pas. Amour, joie et douleur, je n'ai jamais entendu ces mots-là.

III

— Ah ! dit-il avant de mourir, ce monde n'est donc pas fait pour moi et cette maison n'est pas la mienne.

La sœur. — Le monde est fait pour qu'on y meure et les maisons pour y dormir.

IV

2ᵉ acte. Méditation sur les chambres d'hôtel. Il sonne. Silence. Des pas. Apparaît le vieux muet. Un moment immobile et silencieux devant la porte.

— Rien, dit l'autre. Rien. Je voulais savoir si quelqu'un répondait, si la sonnette marchait.

Le vieux un moment immobile, il s'en va. Des pas.

V

La sœur. — Priez Dieu qu'il vous rende comme une pierre. C'est ça le vrai bonheur et c'est cela qu'il a choisi pour lui-même.

Il est sourd, je vous dis, et muet comme un granit. Faites-vous semblable à lui pour ne connaître plus du monde que l'eau qui ruisselle et le soleil qui réchauffe. Rejoignez la pierre pendant qu'il en est temps (à développer).

*

Le monde absurde ne reçoit qu'une justification esthétique.

*

Nietzsche. — Rien de décisif ne se bâtit que sur un « malgré tout ».

*

Les romans métaphysiques de Maurice Blanchot

Thomas l'obscur. Ce qui chez Thomas attire Anne, c'est la mort qu'il porte en lui. Son amour est métaphysique. De là qu'elle se détache de lui au moment de mourir. Car à ce moment elle *sait* et on aime de ne pas savoir. Ainsi, seule la mort est la vraie connaissance. Mais elle est en même temps ce qui rend la connaissance inutile : son progrès est stérile.

Thomas découvre la mort en lui qui préfigure son avenir. La clé du livre est donnée dans le chapitre XIV. Il faut alors relire et tout s'éclaire — mais de la lumière sans éclat qui baigne les asphodèles du séjour mortel. (Près de la ferme, un arbre singulier, fait de deux troncs épousés, dont l'un, mort depuis longtemps, la base pourrie, ne touche même plus la terre. Il est resté collé au premier et à eux deux ils figurent assez bien Thomas. Mais le tronc vivant ne s'est pas laissé étouffer. Il a épaissi l'étreinte d'écorce qu'il resserre autour du tronc mort — il a projeté ses branches tout autour et par-dessus — il ne s'est pas laissé entraîner.)

Aminadab, malgré les apparences, est plus obscur. C'est une forme nouvelle du Mythe d'Orphée et d'Eurydice (à noter que dans les deux livres l'impression de fatigue que le personnage semble éprouver et qu'en même temps il donne au lecteur est une *impression d'art*).

*

Peste. Deuxième version.

Bible : Deutéronome, XXVIII, 21 ; XXXII, 24. Lévitique, XXVI, 25. Amos, IV, 10. Exode, IX, 4 ; IX, 15 ; XII, 29. Jérémie, XXIV, 10 ; XIV, 12 ; VI, 19 ; XXI, 7 et 9. Ezéchiel, V, 12 ; VI, 12 ; VII, 15.

« Chacun cherche son désert et dès qu'il est trouvé, le reconnaît trop dur. Il ne sera pas dit que je ne saurai pas supporter le mien. »

*

Primitivement [1], les 3 premières parties composées de journaux — carnets — notes — prêches — traités — et de relations objectives devaient suggérer, intriguer et ouvrir les profondeurs du livre. La dernière partie, composée uniquement d'événements,

---

1. Après *Primitivement* le manuscrit porte « voir Carnet » — le paragraphe qui suit a été retrouvé dans le Carnet de notes pour *La Peste.*

devait traduire par eux et par eux seulement la signification générale.

Chaque partie devait aussi resserrer un peu plus les
liens entre les personnages — et devait + faire sentir
par la fusion progressive des journaux en un seul
et la parfaire dans les scènes de la 4ᵉ partie.

*

2ᵉ version.

La Peste pittoresque et descriptive — petits morceaux documentaires et une dissertation sur les fléaux.

Stephan [1] — chap. 2 : Il maudit cet amour qui
l'a frustré de tout le reste.

Tout mettre au style indirect (— prêches — journaux, etc) et soulagement monotone par tableaux de
la Peste ?

Il faut décidément que ce soit une relation, une
chronique. Mais que de problèmes cela pose.

Peut-être : refaire Stephan entièrement en suppri-
mant thème de l'amour. Stephan manque de développement. La suite faisait prévoir plus ample.

Poursuivre jusqu'à la fin le thème de la séparation.

Faire rédiger rapport général sur la peste à O. ?

Ceux qui se découvrent une puce.

Un chapitre sur la misère.

Pour le prêche : « Avez-vous remarqué, mes frères,
comme Jérémie est monotone ? »

Personnage supplémentaire : un séparé, un exilé

---

1. Stephan, personnage qui figure dans la première version de
La Peste (cf. Pléiade, p. 1936 et 1942).

qui fait tout pour sortir de la ville et qui ne peut pas.
Ses démarches : il veut obtenir un sauf-conduit sous
prétexte « qu'il n'est pas d'ici ». S'il meurt, montrer
qu'il souffre d'abord de ne pas avoir rejoint l'autre,
et de tant de choses en suspens. C'est cela toucher
le fond de la peste.

Attention : asthme ne justifie pas de si nombreuses
visites.

Introduire l'atmosphère d'Oran.

Rien de « grimaçant », le naturel.

Héroïsme civil.

Développer la critique sociale et la révolte. Ce qui
leur manque c'est l'imagination. Ils s'installent dans
l'épopée comme dans un pique-nique. Ils ne pensent
pas à l'échelle des fléaux. Et les remèdes qu'ils ima-
ginent sont à peine à la hauteur d'un rhume de cer-
veau. Ils périront (développer).

Un chapitre sur la maladie. « Ils constataient une
fois de plus que le mal physique ne leur était jamais
donné seul mais s'accompagnait toujours de souffrances morales (famille — amours frustrées) qui lui
donnaient sa profondeur. Ils s'apercevaient ainsi
— et contrairement à l'opinion courante — que si
l'un des privilèges atroces de la condition humaine
était de mourir seul, ce n'en était pas une image
moins cruelle et moins vraie que justement il n'était
jamais possible à l'homme de mourir réellement
seul. »

Moralité de la peste : elle n'a servi à rien ni à personne. Il n'y a que ceux que la mort a touchés en
eux ou dans leurs proches qui sont instruits. Mais la
vérité qu'ils ont ainsi conquise ne concerne qu'eux-
mêmes. Elle est sans avenir.

Les événements et les chroniques doivent donner le sens social de la Peste. Les personnages en donnent le sens plus profond. Mais tout cela en gros.

Critique sociale. La rencontre de l'administration qui est une entité abstraite et de la peste qui est la plus concrète de toutes les forces ne peut donner que des résultats comiques et scandaleux.

Le séparé s'évade parce qu'*il ne peut pas attendre qu'elle ait vieilli*.

Un chapitre sur les parents isolés *dans des camps*.

Fin de la 1ʳᵉ partie. La progression des cas de peste doit être calquée sur celle des rats. Elargir. Elargir.

La drôle de peste ?

La 1ʳᵉ partie est une partie d'exposition qui devrait être tout entière très rapide — même dans les journaux.

Un des thèmes possibles : lutte de la médecine et de la religion : les puissances du relatif (et quel relatif !) contre celles de l'absolu. C'est le relatif qui triomphe ou plus exactement qui ne perd pas.

« Bien sûr, nous savons que la peste a sa bienfaisance, qu'elle ouvre les yeux, qu'elle force à penser. Elle est à ce compte comme tous les maux de ce monde et comme le monde lui-même. Mais ce qui est vrai aussi des maux de ce monde et du monde lui-même est vrai aussi de la peste. Quelque grandeur que des individus en tirent, à considérer la misère de nos frères, il faut être un fou, un criminel ou un lâche pour consentir à la peste, et en face d'elle le seul mot d'ordre d'un homme est la révolte. »

Tous cherchent la paix. Le marquer.

? Prendre Cottard *à l'envers* : décrire son comportement et révéler *à la fin* qu'il avait peur d'être arrêté.

Les journaux n'ont plus rien à raconter que des histoires de peste. Les gens disent : il n'y a rien dans le journal.

On fait venir des médecins de l'extérieur.

Ce qui me semble caractériser le mieux cette époque, c'est la *séparation*. Tous furent séparés du reste du monde, de ceux qu'ils aimaient ou de leurs habitudes. Et dans cette retraite ils furent forcés, ceux qui le pouvaient, à méditer, les autres à vivre une vie d'animal traqué. En somme, il n'y avait pas de milieu.

L'exilé, à la fin, atteint de la peste, court sur un lieu élevé et appelle sa femme à grands cris par-dessus les murs de la ville, la campagne, trois villages et un fleuve.

? Une préface du narrateur avec des considérations sur l'objectivité et sur le témoignage.

A la fin de la peste, tous les habitants ont l'air d'émigrants.

Ajouter détails « épidémie ».

Tarrou est l'homme qui peut tout comprendre — et qui en souffre. Il ne peut rien juger.

Quel est l'idéal de l'homme en proie à la peste ? — Je vais bien vous faire rire : c'est l'honnêteté.

Supprimer : « au début — en fait — en réalité — les premiers jours — à peu près à la même époque etc.

? Montrer tout le long de l'ouvrage que Rieux est le narrateur par des moyens de détective. Au début : odeur de cigarette.

A la fois sauvagerie et besoin de chaleur. Pour concilier : le cinéma — où l'on est serré l'un contre l'autre sans se connaître.

Ilots de lumières dans la ville obscure vers lesquels un peuple d'ombres convergent comme une assemblée de paramécies en proie à un héliotropisme.

Pour l'exilé : le soir dans les cafés où l'on retarde le plus possible l'heure d'allumer pour économiser l'électricité, où le crépuscule envahit la salle comme une eau grise, les feux du couchant se reflétant faiblement dans les vitres, les marbres des tables et le dos des chaises reluisant faiblement : cette heure est celle de son abandon.

Les Séparés 2ᵉ partie : « Ils étaient frappés par la somme de petites choses qui comptaient beaucoup pour eux et n'avaient aucune existence pour les autres. Ils faisaient ainsi la découverte de la vie personnelle. » « Ils savaient bien qu'il fallait en finir — ou du moins qu'ils devaient désirer la fin — et partant ils la désiraient, mais sans la flamme du début — et seulement avec les raisons très claires qu'ils avaient de la désirer. Du grand élan du commencement ne leur restait plus qu'un abattement morne qui leur faisait oublier la cause même de cette consternation. Ils avaient l'attitude de la tristesse et du malheur, mais ils n'en ressentaient plus la pointe. Au fond, c'était précisément cela le malheur. Avant, ils étaient seulement en proie au désespoir. C'est ainsi que beaucoup ne furent pas fidèles. Car de leur souffrance d'amour, ils n'avaient plus gardé que le goût et le besoin d'amour et, se détachant progressivement de la créature qui les avait fait naître, ils s'étaient sentis plus faibles et avaient fini par céder à la première promesse de tendresse. Ils étaient ainsi infidèles par amour. » « Vue à distance leur vie leur paraissait maintenant former un tout. C'est alors qu'ils y adhéraient avec une nouvelle force. Ainsi la peste leur restituait l'unité. Il faut donc conclure que ces hommes ne savaient pas vivre avec leur unité, quoiqu'ils en eussent — ou plutôt qu'ils n'étaient capables de la vivre qu'une fois privés d'elle. » — « Ils s'apercevaient quelquefois qu'ils en étaient restés à la première phase, quand ils projetaient de montrer un jour ou l'autre telle chose à tel ami qui n'était plus là. Ils avaient encore de l'espoir. La deuxième phase commença réellement quand ils ne purent penser qu'en termes pesteux. » — « Mais quelquefois en pleine nuit leur blessure s'ouvrait à nouveau. Et réveillés brusquement, ils en tâtaient les lèvres irritées, ils retrouvaient leur souffrance toute fraîche et avec elle le visage bouleversé de leur amour. »

Je veux exprimer au moyen de la peste l'étouffement dont nous avons tous souffert et l'atmosphère de menace et d'exil dans laquelle nous avons vécu. Je veux du même coup étendre cette interprétation à la notion d'existence en général. La peste donnera l'image de ceux qui dans cette guerre ont eu la part de la réflexion, du silence — et celle de la souffrance morale.

✳

On ne connaît pas ici la soif et cette sensation de dessèchement qui s'empare de l'être entier après une course sous le soleil et dans la poussière. La limonade qu'on avale : on ne sent pas du tout le liquide passer mais seulement les mille petites aiguilles brûlantes du gaz.

*

Pas fait pour la dispersion.

*

15 janvier.

La maladie est une croix, mais peut-être aussi un garde-fou. L'idéal cependant serait de lui prendre sa force et d'en refuser les faiblesses. Qu'elle soit la retraite qui rend plus fort au *moment voulu*. Et s'il faut payer en monnaie de souffrances et de renoncement, payons.

*

Parce que le ciel est bleu, les arbres couverts de neige qui lancent leurs rameaux blancs, au bord de la rivière, très bas au-dessus de l'eau glacée, ont l'air d'amandiers en fleurs. Il y a pour les yeux dans ce pays une perpétuelle confusion entre le printemps et l'hiver.

J'ai lié une intrigue avec ce pays, c'est-à-dire que j'ai des raisons de l'aimer et des raisons de le détester. Pour l'Algérie au contraire, c'est la passion sans frein et l'abandon à la volupté d'aimer. Question : Peut-on aimer un pays comme une femme.

*

Peste, 2ᵉ version. Les Séparés.

Les séparés s'aperçoivent qu'en réalité ils n'ont jamais cessé, dans la première phase, d'espérer quelque chose : que les lettres arriveraient, que la peste cesserait, que l'absent se glisserait dans la ville. C'est seulement dans la deuxième phase qu'ils n'espèrent plus. Mais à ce moment ils sont atones heureusement (ou bien la vie leur donne des motifs nouveaux d'intérêts). Ils doivent mourir ou trahir.

Id. : ces moments où ils se laissent glisser vers la peste et n'espèrent plus qu'en son sommeil. Cottard dit : ce doit être bon la prison. Et les habitants : la peste délivre peut-être de tout.

*

La Pureté du cœur de Kierkegaard — Que de verbiage. Le génie est-il donc si lent !

« Le désespoir est la frontière où se rencontrent dans une égale impuissance l'emportement d'un égoïsme lâchement craintif et la témérité d'un esprit orgueilleusement obstiné »

« Lorsque l'esprit impur sort de l'homme, il va par les lieux arides, cherchant le repos, et il n'en trouve point » (Matth., XII, 43).

Sa distinction entre hommes d'action et hommes de souffrance.

Id. pour Kafka : « On doit frapper à mort l'espérance terrestre, c'est alors seulement qu'on se sauve soi-même par l'espérance véritable. »

La Pureté du cœur pour K, c'est l'unité. Mais c'est l'unité *et* le bien. Il n'y a pas de pureté en dehors de Dieu. Conclusion : se résigner à l'impur ? Je suis loin du bien et j'ai soif d'unité. Cela est irréparable.

*

Essai sur la Révolte. Après avoir fait partir de l'angoisse la philosophie : la faire sortir du bonheur. *Id.* Régénérer l'amour dans le monde absurde, c'est en fait régénérer le plus brûlant et le plus périssable des sentiments humains (Platon : « Si nous étions des dieux, nous ne connaîtrions pas l'amour »). Mais il n'y a pas de jugement de valeur à porter sur l'amour durable (sur cette terre) et celui qui ne l'est pas. Un amour fidèle — *s'il ne s'appauvrit pas* — est une manière pour l'homme de maintenir le plus possible le meilleur de lui-même. C'est par là que se trouve revalorisée la fidélité. Mais cet amour est en dehors de l'éternel. C'est le plus humain des sentiments avec ce que le mot comprend à la fois de limitation et d'exaltation. C'est pour cela que l'homme ne se réalise que dans l'amour parce qu'il y trouve sous une forme fulgurante l'image de sa condition sans avenir (et non comme disent les idéalistes parce qu'il approche une certaine forme de l'éternel). Le type : Heathcliff. Tout ceci illustration du fait que l'absurdité a sa formule dans l'opposition entre *ce qui dure* et *ce qui ne dure pas*. Etant entendu qu'il n'y a qu'une façon de durer qui est de durer éternellement et qu'il n'y a pas de milieu. Nous sommes du monde qui ne dure pas. Et tout ce qui ne dure pas — et rien que ce qui ne dure pas — est nôtre. Il s'agit ainsi de reprendre l'amour à l'éternité ou du moins à ceux qui le travestissent en image d'éternité. Je vois d'ici l'objection : c'est que vous n'avez jamais aimé. Laissons cela.

*

Peste, 2ᵉ version.

Les séparés perdent le sens critique. On peut voir les plus intelligents d'entre eux chercher dans les journaux ou dans des émissions radiophoniques des raisons de croire à une fin rapide de la peste, concevoir des espoirs sans fondement et éprouver des craintes gratuites à la lecture des considérations qu'un journaliste écrivit un peu au hasard, en bâillant d'ennui.

*

Ce qui éclaire le monde et le rend supportable, c'est le sentiment habituel que nous avons de nos liens avec lui — et plus particulièrement de ce qui nous unit aux êtres. Les relations avec les êtres nous aident toujours à continuer parce qu'elles supposent toujours des développements, un avenir — et qu'aussi nous vivons comme si notre seule tâche était d'avoir précisément des relations avec les êtres. Mais les jours où l'on devient conscient que ce n'est pas notre seule tâche, où surtout l'on comprend que seule notre volonté retient ces êtres attachés à nous — cessez d'écrire ou de parler, isolez-vous et vous les verrez fondre autour de vous — que la plupart ont en réalité le dos tourné (non par malice, mais par indifférence) et que le reste garde *toujours* la possibilité de s'intéresser à autre chose, lorsqu'on imagine ainsi tout ce qui entre de contingent, de jeu des circonstances dans ce qu'on appelle un amour ou une amitié, alors le monde retourne à sa nuit et nous à ce grand froid d'où la tendresse humaine un moment nous avait retirés.

*

10 février.

Quatre mois de vie ascétique et solitaire. La volonté, l'esprit y gagnent. Mais le cœur ?

*

Tout le problème absurde devrait pouvoir se concentrer autour d'une critique du jugement de valeur et du jugement de fait.

*

Curieux texte de la Genèse (III, 22) « Et l'Éternel Dieu dit : « Voici, l'homme est devenu (après la faute) comme *l'un de nous,* sachant le bien et le mal. Mais maintenant il faut prendre garde qu'il n'avance la main et ne prenne aussi l'arbre de vie et qu'il n'en mange et *ne vive à toujours.* »

Et l'épée de feu qui chasse alors l'homme de l'Eden « se tournait çà et là pour garder le chemin de l'arbre de vie ». C'est l'histoire de Zeus et de Prométhée qui recommence. L'homme a eu le pouvoir de devenir l'égal de Dieu, et Dieu l'a craint et il l'a maintenu dans la sujétion. *Id.* De la responsabilité divine.

*

Ce qui me gêne dans l'exercice de la pensée ou la discipline nécessaire à l'œuvre, c'est l'imagination. J'ai

une imagination déréglée, sans mesure, un peu mons-
trueuse. Difficile de savoir le rôle énorme qu'elle a
joué dans ma vie. Et pourtant je ne me suis aperçu
de cette particularité personnelle qu'à l'âge de trente
ans.

Quelquefois dans le train, l'autobus, les heures qui
traînent et je m'empêche de m'égarer dans des jeux
d'images, des constructions qui me paraissent stériles.
Fatigué d'avoir à constamment redresser la pente de
la pensée, à la ramener vers ce dont j'ai besoin qu'elle
se nourrisse, un moment vient où je me laisse aller,
couler serait plus juste : les heures filent comme
l'éclair et je suis arrivé avant de m'en être rendu
compte.

*

C'est le goût de la pierre qui m'attire peut-être tant
vers la sculpture. Elle redonne à la forme humaine le
poids et l'indifférence sans lesquels je ne lui vois pas
de grandeur.

*

Essai : un chapitre sur la « fécondité des tautolo-
gies ».

*

Un esprit un peu rompu à la gymnastique de l'intelligence sait, comme Pascal, que toute erreur vient
d'une exclusion. A la limite de l'intelligence on sait,
de science certaine, qu'il y a du vrai dans toute
théorie et qu'aucune des grandes expériences de l'hu-

manité, même si apparemment elles sont très oppo-
sées, même si elles se nomment Socrate et Empédocle, Pascal et Sade, n'est a priori insignifiante. Mais
l'occasion force au choix. C'est ainsi qu'il paraît
nécessaire à Nietzsche d'attaquer avec des arguments
de force Socrate et le Christianisme. Mais c'est ainsi
au contraire qu'il est nécessaire que nous défendions
aujourd'hui Socrate, ou du moins ce qu'il représente,
parce que l'époque menace de les remplacer par des
valeurs qui sont la négation de toute culture et que
Nietzsche risquerait d'obtenir ici une victoire dont il
ne voudrait pas.

Cela semble introduire dans la vie des idées un
certain opportunisme. Mais cela semble seulement, car
Nietzsche ni nous-mêmes ne perdons conscience de
l'*autre côté* de la question et il s'agit seulement d'une
réaction de défense. Et finalement l'expérience de
Nietzsche ajoutée à la nôtre, comme celle de Pascal à
celle de Darwin, Calliclès à Platon, restitue tout le
registre humain et nous rend à notre patrie. (Mais
tout ceci ne peut être vrai qu'avec une douzaine de
nuances supplémentaires)

Voir, en tout cas, Nietzsche (Origine de la Philosophie, Bianquis, p. 208) : « Socrate, il me faut
l'avouer, m'est si proche que je me bats presque sans
arrêt contre lui. »

*

Peste, 2ᵉ version. Les séparés ont des difficultés
avec les jours de la semaine. Le dimanche naturellement. Le samedi après-midi. Et certains jours consa-
crés autrefois à certains rites.

Id. Un chapitre sur la terreur : « Les gens qu'on venait chercher le soir »...

Dans le chapitre sur les camps d'isolement : les parents sont déjà séparés du mort — puis pour des raisons sanitaires on sépare les enfants des parents et les hommes des femmes. Si bien *que la séparation devient générale.* Tous sont renvoyés à la solitude.

Faire ainsi du thème de la séparation le grand thème du roman. « Ils n'avaient rien demandé à la peste. Ils s'étaient fait patiemment au cœur d'un monde incompréhensible un univers à eux, bien humain, où la tendresse et l'habitude se partageaient les jours. Et voilà que sans doute ce n'était pas assez d'être séparés du monde lui-même, il fallait encore que la peste les séparât de leurs modestes créations quotidiennes. Après leur avoir aveuglé l'esprit, elle leur arrachait le cœur. » En pratique : *il n'y a que des hommes seuls dans le roman.*

*

Peste, 2ᵉ version.

On cherche la paix et l'on va vers les êtres pour qu'ils vous la donnent. Mais ils ne peuvent donner pour commencer que démence et confusion. Il faut bien la chercher ailleurs, mais le ciel est muet. Et c'est alors, mais alors seulement, qu'on peut revenir vers les êtres puisque, à défaut de la paix, ils vous donnent le sommeil.

*

Peste, 2ᵉ version.

Il est bon qu'il y ait des terrasses au-dessus de la peste.

Ils ont tous raison, dit Rieux.

Tarrou (ou Rieux) pardonne à la peste.

*

Essai sur la Révolte. Le monde absurde *d'abord* ne s'analyse pas en rigueur. Il s'évoque et il s'imagine. Ainsi ce monde est le produit de la *pensée en général*, c'est-à-dire de l'imagination précise. C'est l'application à la conduite de la vie et à l'esthétique d'un certain principe moderne. Ce n'est pas une analyse.

Mais une fois ce monde tracé à grands traits, la première pierre (il n'y en a qu'une) posée, philosopher devient possible — ou plus exactement, si on a bien compris — devient nécessaire. L'analyse et la rigueur sont exigées et réintroduites. C'est le détail et la description qui triomphent. De « rien n'est intéressant que... » on tire : « tout est intéressant sauf... » — D'où une étude précise et rigoureuse — sans conclusions — sur la révolte.

1) le mouvement de révolte et la révolte extérieure ;

2) l'état de révolte ;

3) la révolte métaphysique.

Mouvement de révolte : Le bon droit — l'impression que ça a trop duré — que l'autre outrepasse son droit (son père par ex.) « Jusque-là oui, mais ensuite non » — continuer analyse.

Voir notes Origine Philosophie et Homme du ressentiment [1] dans Essai.

---

1. Ouvrage de Max Scheler (cf. *L'Homme révolté*, p. 30 et 31).

*

Essai sur la Révolte : une des directions de l'esprit absurde c'est la pauvreté et le dénuement.

Une seule façon de ne pas se laisser « posséder » par l'absurde, c'est de n'en pas retirer d'avantages. Pas de dispersion sexuelle sans chasteté, etc.

Id. Introduire thème de l'oscillation.

Id. La contemplation comme l'une des fins absurdes, dans la mesure où elle jouit sans prendre parti.

*

Imaginons un penseur qui dit : « Voilà, je sais que cela est vrai. Mais finalement les conséquences m'en répugnent et je recule. *La vérité est inacceptable même pour celui qui la trouve.* » On aura ainsi le penseur absurde et son perpétuel malaise.

*

Ce vent singulier qui court toujours à la lisière des bois. Idéal curieux de l'homme : au sein même de la nature, se faire un appartement.

*

Il faut se décider à introduire dans les choses de la pensée la distinction nécessaire entre philosophie d'évidence et philosophie de préférence. Autrement dit, on peut aboutir à une philosophie qui répugne à l'esprit et au cœur *mais qui s'impose.* Ainsi ma philosophie d'évidence c'est l'absurde. Mais cela ne m'empêche pas d'avoir (ou plus exactement de *connaître*) une philosophie de préférence : Ex : un juste équilibre entre l'esprit et le monde, harmonie, plénitude, etc... Le penseur heureux est celui qui suit sa pente — le penseur exilé celui qui s'y refuse — par vérité — avec regret mais détermination...

Peut-on pousser aussi loin que possible cette séparation entre le penseur et son système ? N'est-ce pas en fait revenir à un réalisme détourné : la vérité extérieure à l'homme — contraignante. Peut-être, mais ce serait alors un réalisme non satisfaisant. Non pas une solution à priori.

*

Le grand problème à résoudre « pratiquement » : peut-on être heureux et solitaire.

*

Anthologie de l'insignifiance [1]. Et d'abord qu'est-ce que l'insignifiance ? Ici l'étymologie est trompeuse. Ce n'est pas ce qui n'a pas de sens. Il faudrait dire alors en effet que le monde est insignifiant. Insensé et insignifiant ne sont pas synonymes. Un personnage insignifiant peut être tout à fait raisonnable. Ce n'est pas non plus ce qui est futile. Il y a de grandes actions, des projets sérieux et grandioses qui sont insignifiants. Ceci nous met cependant sur la voie

1. Cf. : *De l'insignifiance, Cahier des saisons* (1959), qui reprend ce texte sur le ton de la dérision. (Pléiade, p. 1894.)

d'un progrès. Car ces actions ne paraissent pas insignifiantes, à qui les entreprend avec le sérieux officiel. Il faut donc ajouter qu'elles sont insignifiantes pour... qu'un personnage est insignifiant à l'égard de... qu'une pensée est insignifiante dans le cadre de... Autrement dit, et comme pour toutes choses, il y a une relativité de l'insignifiance. Ce qui ne veut pas dire que l'insignifiance est chose relative. Elle a de la relation à quelque chose qui n'est pas l'insignifiance — qui a du sens — une certaine importance, qui « compte », qui mérite intérêt, qui vaut qu'on s'y arrête, qu'on s'en occupe, qu'on s'y consacre, qui tient de la place et qui la tient à bon droit, qui frappe l'esprit, qui s'impose à l'attention, qui saute aux yeux... etc. Cette chose n'est pas encore mieux définie. L'insignifiance ne sera relative que si l'on peut donner plusieurs définitions de ce mètre-étalon de la signification. Autrement, elle est, comme toute chose, comparable à quelque chose de plus grand, tirant le peu de sens qu'elle a d'une signification plus générale. Arrêtons-nous à ces mots. Dans une certaine mesure, avec beaucoup de précautions et en faisant appel à plusieurs nuances, on pourrait dire qu'une chose insignifiante n'est pas forcément une chose qui n'a pas de *sens,* mais une chose qui n'a pas, par elle-même, de *signification* générale. Autrement dit et selon l'échelle normale des valeurs, si je me marie j'accomplis un acte qui revêt une signification générale dans l'ordre de l'espèce, une autre dans l'ordre de la société, dans celui de la religion et peut-être une dernière dans l'ordre métaphysique. Conclusion : le mariage n'est pas une action insignifiante, du moins dans l'ordre de valeurs communément admises. Car

si la signification d'espèce, sociale ou religieuse lui est
retirée, et c'est le cas pour les individus indifférents à
ces considérations, le mariage est réellement un acte
insignifiant. Sur cet exemple en tout cas, on voit que
l'insignifiance tient dans la signification qu'elle n'a pas.

Pour prendre un exemple contraire, si, pour ouvrir
une porte je tourne le loquet vers la droite plutôt que
vers la gauche, je ne peux rattacher ce geste à aucune
signification générale communément admise. La
société, la religion, l'espèce et Dieu lui-même se
foutent éperdument que je manœuvre le loquet vers
la droite ou vers la gauche. Conclusion : mon action
est insignifiante, sauf si pour moi cette habitude se
rattache par exemple à un souci d'économiser mes
forces, à un goût de l'efficacité qui peut refléter une
certaine volonté, une conduite de vie, etc. Dans ce cas
il sera pour moi bien plus important de tourner mon
loquet d'une certaine façon que de me marier. Ainsi
l'insignifiance a toujours sa relation qui décide de ce
qu'elle est. La conclusion générale est qu'il y a de
l'incertitude dans le cas de l'insignifiance.

Mais puisque je me propose de faire une anthologie
des actions insignifiantes, c'est donc que je sais ce
qu'est une action insignifiante. Probablement. Mais
savoir si une action est insignifiante n'est pas pour
autant savoir ce qu'est l'insignifiance. Et après tout,
je puis par exemple faire cette anthologie pour en
avoir le cœur net. Cependant...

Plan.

1° actions insignifiantes : le vieux et le chat [1] — le
militaire et la jeune fille (note pour celui-ci. J'ai

1. Cf. : *Carnets* I et *La Peste*, p. 1235 et 1236 (Pléiade).

hésité à ranger cette histoire dans l'anthologie. Elle
a peut-être une grande signification. Mais je la donne
cependant pour montrer l'extrême difficulté de mon
travail. De toutes façons il sera possible de la verser
aussi dans une anthologie des choses qui ont du
sens — en préparation), etc., etc.

2° Paroles insignifiantes. « Comme on dit dans
mon pays » — « Comme disait Napoléon » — et,
d'une façon générale, la plupart des mots historiques.
Le cure-dents de Jarry [1].

3° Pensées insignifiantes. Plusieurs énormes volumes
sont à prévoir.

*

Pourquoi cette anthologie ? On remarquera que
pour finir, l'insignifiance s'identifie presque toujours
avec l'aspect mécanique des choses et des êtres —
avec l'habitude le plus souvent. C'est dire que tout
finissant par devenir habituel, on est assuré que les
plus grandes pensées et les plus grandes actions finissent par devenir insignifiantes. La vie a [2]   pour
but assigné l'insignifiance. D'où l'intérêt de l'anthologie. Elle décrit pratiquement non seulement la part
la plus considérable de l'existence, celle des petits
gestes, des petites pensées et des petites humeurs mais
encore notre avenir commun. Elle a l'avantage extrêmement rare de nos jours d'être véritablement prophétique.

1. Cure-dents de Jarry : cf. la préface de J. Saltas à l'édition
d'*Ubu roi* (Fasquelle). Camus a déjà évoqué cette anecdote dans
les *Carnets* I, p. 175.
2. Un mot illisible.

*

Nietzsche, avec la vie extérieure la plus monotone qui soit, prouve que la pensée à elle seule, menée dans la solitude, est une terrible aventure.

*

Nous supportons que Molière ait dû mourir !

*

9 mars. Les premières pervenches — et il neigeait il y a huit jours !

*

Nietzsche connaît aussi la nostalgie. Mais il ne veut rien demander au ciel. Sa solution : ce qu'on ne peut demander à Dieu, on le demande à l'homme : c'est le surhomme. Étonnant que pour se venger d'une telle prétention, on n'en ait pas fait un Dieu lui-même. C'est peut-être une question de patience. Le Bouddha prêche une sagesse sans dieux et quelques siècles plus tard on le met sur un autel.

*

L'Européen qui fait du courage une volupté : il s'admire. Répugnant. Le vrai courage est passif : il est indifférence à la mort. Un idéal : la connaissance pure et le bonheur.

*

Qu'est-ce qu'un homme peut souhaiter de mieux
que la pauvreté ? Je n'ai pas dit la misère et non plus
le travail sans espoir du prolétaire moderne. Mais
je ne vois pas ce qu'on peut désirer de plus que la
pauvreté liée à un loisir actif.

*

On ne peut pas supprimer *absolument* les jugements de valeur. Cela nie l'absurde.

*

Les anciens philosophes (et pour cause) réfléchis-
saient beaucoup plus qu'ils ne lisaient. C'est pourquoi
ils tenaient si étroitement au concret. L'imprimerie a
changé ça. On lit plus qu'on ne réfléchit. Nous
n'avons pas de philosophies mais seulement des commentaires. C'est ce que dit Gilson en estimant qu'à
l'âge des philosophes qui s'occupaient de philosophie
a succédé l'âge des professeurs de philosophie qui
s'occupent des philosophes. Il y a dans cette attitude
à la fois de la modestie et de l'impuissance. Et un
penseur qui commencerait son livre par ces mots :
« Prenons les choses au commencement » s'expose-
rait aux sourires. C'est au point qu'un livre de philosophie qui paraîtrait aujourd'hui en ne s'appuyant sur
aucune autorité, citation, commentaire, etc., ne serait
pas pris au sérieux. Et pourtant...

*

Pour *La Peste* : Il y a chez les hommes plus de
choses à admirer que de choses à mépriser.

*

Quand on choisit le renoncement malgré la certitude du « Tout est permis », il en reste tout de même
quelque chose, c'est qu'on ne juge plus les autres.
Ce qui attire beaucoup de gens vers le roman c'est
qu'apparemment c'est un genre qui n'a pas de style.
En fait il exige le style le plus difficile, celui qui se
soumet tout entier à l'objet. On peut ainsi imaginer
un auteur écrivant chacun de ses romans dans un
style différent.

*

La sensation de la mort qui désormais m'est fami-
lière : elle est privée des secours de la douleur. La
douleur accroche au présent, elle demande une lutte
qui *occupe*. Mais pressentir la mort à la simple vue
d'un mouchoir rempli de sang, sans effort c'est être
replongé dans le temps de façon vertigineuse : c'est
l'effroi du devenir.

*

L'épaisseur des nuages diminua. Dès que le soleil
put sortir, les labours se mirent à fumer.

*

La mort donne sa forme à l'amour comme elle la donne à la vie — le transformant en destin. Celle que tu aimes est morte dans le temps où tu l'aimais et voici désormais un amour fixé pour toujours — qui, sans cette fin, se serait désagrégé. Que serait ainsi le monde sans la mort, une suite de formes évanouissantes et renaissantes, une fuite angoissée, un monde inachevable. Mais heureusement la voici, elle, la stable. Et l'amant qui pleure sur la dépouille aimée, René devant Pauline, verse les larmes de la joie pure — du tout est consommé — de l'homme qui reconnaît qu'enfin son destin a pris forme.

*

La curieuse théorie de Mme de Lafayette est celle du mariage considéré comme un moindre mal. Il vaut mieux être mal mariée que de souffrir de la passion. On reconnaît là une éthique de *l'Ordre*.

(Le roman français est psychologique parce qu'il se méfie de la métaphysique. Il se réfère constamment à l'humain par *prudence*.) Il faut avoir mal lu *La Princesse de Clèves* pour en tirer l'image du roman classique. Il est fort mal composé au contraire.

*

Peste. Les séparés : Journal de la Séparation ? « Le sentiment de la séparation fut général et il est possible d'en donner une idée d'après les conversations, les confidences et les nouvelles qui paraissaient dans les journaux. »

Id. Les séparés. Cette heure du soir, qui pour les croyants est celle de l'examen de conscience — cette heure est dure pour le prisonnier — elle est celle de l'amour frustré.

Peste. *Id.* La faim pousse les uns à réfléchir et les autres à faire du ravitaillement. Ainsi, non seulement ce qui apportait du malheur était en même temps un bien, mais ce qui était un malheur pour les uns était un bien pour les autres. On ne s'y retrouvait plus.

? Stephan. Journal de la séparation

Trois plans dans l'œuvre :

Tarrou qui décrit par le menu ;

Stephan qui évoque *le général ;*

Rieux qui concilie dans la conversion supérieure du *diagnostic relatif.*

*

Les séparés. *Id.* Tout au bout du temps de la peste, ils n'imaginaient plus cette intimité qui avait été la leur et comment avait pu vivre près d'eux un être sur lequel, à tout moment, ils pouvaient porter la main.

*

Epigraphe pour *Le Malentendu* ? « Ce qui naist ne va pas à perfection et cependant jamais n'arrête. » Montaigne.

*

On imagine volontiers un Européen converti au
Bouddhisme — parce qu'il y est assuré de la survie
— que Bouddha juge un malheur sans remède —
mais que lui désire de toutes ses forces.

*

Saint-Etienne et sa banlieue. Un pareil spectacle est
la condamnation de la civilisation qui l'a fait naître.
Un monde où il n'y a plus de place pour l'être, pour
la joie, pour le loisir actif, est un monde qui doit
mourir. Aucun peuple ne peut vivre en dehors de la
beauté. Il peut quelque temps se survivre et c'est
tout. Et cette Europe qui offre ici un de ses visages
les plus constants s'éloigne sans arrêt de la beauté.
C'est pour cela qu'elle se convulse et c'est pour cela
qu'elle mourra si la paix pour elle ne signifie pas le
retour à la beauté et sa place rendue à l'amour.

*

Toute vie dirigée vers l'argent est une mort. La
renaissance est dans le désintéressement.

*

Il y a dans le fait d'écrire la preuve d'une assurance personnelle qui commence à me manquer.
L'assurance qu'on a quelque chose à dire et surtout
que quelque chose peut être dit — l'assurance que

ce qu'on sent et ce qu'on est vaut comme exemple —
l'assurance qu'on est irremplaçable et que l'on n'est
pas lâche. C'est tout cela que je perds et je commence
à imaginer le moment où je n'écrirai plus.

*

Avoir la force de choisir ce qu'on préfère et de s'y
tenir. Ou sinon il vaut mieux mourir.

*

Les séparés : « Ils attendaient avec impatience,
pour revivre leur amour, l'heure de la jalousie sans
objet. »

*

Id. On leur demande de s'inscrire pour connaître
la liste de ceux qui sont séparés. Ils s'étonnent que
rien ne s'en suive. Mais il s'agit seulement de connaître le nom de ceux qu'il faut prévenir « en cas ».
« Bref, nous nous inscrivons. »

*

Id. 3ᵉ p. « Mais quand ils se furent retrouvés, ils
eurent encore bien du mal à remplacer par la créature
réelle celle de leur imagination... et l'on peut dire
que la peste ne mourut que le jour où l'un d'entre
eux put à nouveau regarder avec ennui le visage de
celle qui lui faisait face. »

*

Toute pensée se juge à ce qu'elle sait tirer de la souffrance. Malgré ma répugnance, la souffrance est un fait.

*

Je ne peux pas vivre hors de la beauté. C'est ce qui me rend faible devant certains êtres.

*

Quand tout sera fini, s'écarter (Dieu ou la femme).

*

Ce qui distingue le plus l'homme de la bête, c'est l'imagination. De là que notre sexualité ne puisse être vraiment naturelle, c'est-à-dire aveugle.

*

L'absurde, c'est l'homme tragique devant un miroir (Caligula). Il n'est donc pas seul. Il y a le germe d'une satisfaction ou d'une complaisance. Maintenant, il faut supprimer le miroir.

*

Le temps ne va pas vite quand on l'observe. Il se sent tenu à l'œil. Mais il profite de nos distractions. Peut-être y a-t-il même deux temps, celui qu'on observe et celui qui nous transforme.

*

Épigraphe pour Malentendu : « Voilà pourquoi les poètes feignent cette misérable mère Niobé, ayant perdu premièrement sept fils et par la suite autant sept filles, surchargée de pertes, avoir été enfin transmuée en rochier... pour exprimer cette morne, muette et sourde stupidité qui nous transit lorsque les accidens nous accablent, surpassant nostre portée. » Montaigne.

Id. De la tristesse. « Je suis des plus exempts de cette passion et ne l'ayme ny l'estime, quoy que le monde ayt prins, comme à prix faict, de l'honorer de faveur particulière. »

Id. (Des menteurs) « Et n'est rien où la force d'un cheval se cognoisse plus qu'à faire un arrest rond et net. »

*

Absurde. Restituer morale par le Tu. Je ne crois pas qu'il y ait un autre monde où nous devrions « rendre compte ». Mais nous avons déjà nos comptes à rendre dans ce monde-ci — à tous ceux que nous aimons.

*

Id. A propos du langage. (Parain : les arguments qui prouvent que l'homme n'a pu inventer le langage

sont irréfutables.) Tout, dès qu'on creuse, aboutit
à un problème métaphysique. Ainsi, de quelque part
que l'homme se tourne, il se trouve isolé sur le réel
comme sur une île entourée d'une mer fracassante
de possibles et d'interrogations. On peut conclure de
là que le monde a un sens. Car il n'en aurait pas, s'il
était, brutalement. Les mondes heureux n'ont pas de
raisons. Il est donc ridicule de dire : « La métaphysique est-elle possible ? » La métaphysique est.

*

La consolation de ce monde c'est qu'il n'y a pas de
souffrances continues. Une douleur disparaît et une
joie renaît. Toutes s'équilibrent. Ce monde est
compensé. Et si même notre volonté tire du devenir
une souffrance privilégiée que nous exhaussons au
niveau des forces pour l'éprouver sans cesse, il y a
dans ce choix la preuve que nous prenons cette souffrance comme un bien et c'est en elle, cette fois, que
repose la compensation.

*

3° Intempestives [1]. « D'un regard douloureux, Schopenhauer se détournait de l'image du grand fonda-
teur de la Trappe de Rancé, disant « Ceci exige la
» grâce ».

---

1. Citation extraite des Considérations Intempestives de Nietzsche.
T. II, p. 53 (Aubier).

*

A propos de M. [1]   Je ne refuse pas d'aller
vers l'Être, mais je ne veux pas d'un chemin qui
s'écarte des êtres. Savoir si l'on peut trouver Dieu au
bout de ses passions.

*

Peste : très important. « C'est parce qu'ils vous
ont foutu le ravitaillement et la douleur des sépa-
rations qu'ils vous ont eus sans révolte. »

*

20 mai.

Pour la première fois : sentiment bizarre de satisfaction et de plénitude. Question que je me suis
posée, couché dans l'herbe, devant le soir lourd
et chaud : « Si ces jours étaient les derniers... »
Réponse : un sourire tranquille en moi. Pourtant rien
dont je puisse être fier : rien n'est résolu, ma conduite
même n'est pas si ferme. Est-ce l'endurcissement qui
termine une expérience, ou la douceur du soir, ou au
contraire le début d'une sagesse qui ne nie plus rien ?

*

Juin. Luxembourg.

Un dimanche matin plein de vent et de soleil.
Autour du grand bassin le vent éparpille les eaux de

1. Un mot illisible.

la fontaine, les voiliers minuscules sur l'eau ridée et les hirondelles autour des grands arbres. Deux jeunes gens qui discutent : « Toi qui crois à la dignité humaine. »

*

Prologue : — L'amour...
— La connaissance...
— C'est le même mot.

*

Alors que dans la journée le vol des oiseaux paraît toujours sans but, le soir ils semblent toujours retrouver une destination. Ils volent vers quelque chose. Ainsi peut-être au soir de la vie... [1]
Y a-t-il un soir de la vie ?

*

Chambre d'hôtel à Valence. « Je ne veux pas que tu fasses cela. Qu'est-ce que je deviendrai avec cette pensée ? Qu'est-ce que je deviendrai devant ta mère, tes sœurs, Marie-Rolande, je m'étais promis de ne pas te le dire, tu le sais bien. — Je t'en supplie, ne fais pas cela. J'avais tellement besoin de ces deux jours de repos. Je t'empêcherai de faire cela. J'irai jusqu'au bout. Je t'épouserai s'il le faut. Mais je ne peux pas avoir cela sur la conscience — Je m'étais promis de

---

1. La phrase qui suit a été rajoutée au crayon sur le cahier manuscrit.

ne pas te le dire. — Ce sont des mots. Et ce sont les actes qui comptent pour moi... — On croira à un accident. Le train... etc. (Elle pleure. Elle crie : Je te hais. Je te hais de me faire cela.) — Je le sais bien, Rolande, je le sais bien. Mais je ne voulais pas te le dire. Etc., etc. » Il promet. Durée : une heure et demie. Monotonie. Piétinement.

*

Van Gogh frappé par une pensée de Renan : « Mourir à soi-même, réaliser de grandes choses, arriver à la noblesse et dépasser la vulgarité où se traîne l'existence de presque tous les individus. »

« Si l'on continue à aimer sincèrement ce qui est vraiment digne d'amour et qu'*on ne gaspille pas son amour à des choses insignifiantes et nulles et fades,* on obtiendra peu à peu plus de lumière et l'on deviendra plus fort. »

« Si l'on se perfectionne dans une seule chose et qu'on la comprend bien, on acquiert par-dessus le marché la compréhension et la connaissance de bien d'autres choses. »

« Je suis un espèce de fidèle dans mon infidélité. »

« Si je fais des paysages, il y aura toujours là-dedans trace de figures. »

Il cite le mot de Doré : « J'ai la patience d'un bœuf. »

Cf. la lettre 340 sur le voyage à Zweeloo [1].

Le mauvais goût des grands artistes : il égale Millet à Rembrandt.

1. Van Gogh, *Correspondance complète*, t. II, p. 254.

« Je crois de plus en plus qu'il ne faut pas juger le Bon Dieu sur ce monde-ci, c'est une étude de lui qui est mal venue. »

« Je peux bien dans la vie et dans la peinture aussi me passer du Bon Dieu mais je ne puis pas, moi souffrant, me passer de quelque chose qui est plus grand que moi, qui est ma vie, la puissance de créer. »

La longue recherche de Van Gogh errant jusqu'à 27 ans avant de trouver sa voie et de découvrir qu'il est peintre.

*

Quand on a fait ce qu'il faut pour bien comprendre, bien admettre et bien supporter la pauvreté, la maladie et ses propres défauts, il reste encore un pas à faire.

*

Peste. Professeur sentimental [1] à la fin de la peste conclut que la seule occupation intelligente reste de recopier un livre à l'envers (développer le texte et le sens).

Tarrou meurt en silence (clin d'œil, etc.).

Camp d'isolement administratif.

Conversation à la fin avec professeur et docteur : Ils sont réunis. Mais c'est qu'ils demandaient peu de chose. Moi, je n'ai pas eu, etc.

Le quartier juif (les mouches). Ceux qui veulent

1. Stephan, évoqué plus haut, p. 67.

maintenir les apparences. On invite les gens à une chicorée.

Séparés. 2° Et ce qui leur était déjà si dur à supporter pour eux-mêmes (la vieillesse) ils devaient maintenant l'endurer pour deux.

Pourtant les affaires courantes continuent d'être expédiées. C'est à ce moment en effet qu'on apprit les suites d'une affaire qui avait soulevé en son temps la curiosité des connaisseurs. Un jeune meurtrier... avait été gracié. Les journaux pensaient qu'il s'en tirerait avec dix ans de bonne conduite et qu'ensuite il pourrait reprendre sa vie de tous les jours. Ce n'était vraiment pas la peine.

*

La confiance dans les mots, c'est le classicisme — mais pour garder sa confiance il n'en use que prudemment. Le surréalisme qui s'en défie en abuse. Retournons au classicisme, par modestie.

*

Ceux qui aiment la vérité doivent chercher l'amour dans le mariage, c'est-à-dire l'amour sans illusions.

*

« En quoi consiste l'inspiration occitanienne ? » Un numéro spécial *Cahiers du Sud*. En gros, nous n'avons rien valu pendant la Renaissance, le XVIIIᵉ et la Révolution. Nous n'avons compté pour quelque chose que du Xᵉ au XIIIᵉ siècle et à un moment où justement il est bien difficile de parler de nous comme d'une nation — où toute civilisation est internationale. Ainsi des siècles entiers d'histoire, malheur ou gloire, la centaine de grands noms qu'ils nous ont laissés, une tradition, une vie nationale, l'amour, tout cela est vain, tout cela n'est rien. Et ce sont nous les nihilistes !

*

L'humanisme ne m'ennuie pas : il me sourit même. Mais je le trouve court.

*

Brück, dominicain : « Ils m'emmerdent, moi, ces démocrates chrétiens. »

« G. a tout du curé, une sorte d'onction épiscopale. Et déjà c'est à peine si je la supporte chez les évêques. »

*

Moi. — « Jeune, je croyais que tous les prêtres étaient heureux. »

Brück. — « La peur de perdre leur foi leur fait rétrécir leur sensibilité. Ce n'est plus qu'une vocation négative. Ils ne regardent pas la vie en face. » (Son rêve, le grand clergé conquérant, mais magnifique de pauvreté et d'audace.)

Conversation sur Nietzsche damné.

*

Barrès et Gide. Le déracinement est un problème dépassé pour nous. Et quand les problèmes ne nous passionnent pas nous disons moins de bêtises. En somme il faut une patrie et il faut des voyages.

*

Malentendu. La femme, après la mort du mari : « Comme je l'aime ! »

*

Agrippa d'Aubigné [1] : Voilà un homme qui croit et qui combat parce qu'il croit. En somme, il est content. Cela se voit à la satisfaction qu'il a de sa maison, de sa vie, de sa carrière. S'il tempête c'est contre ceux qui ont tort — selon lui.

*

Ce qui fait une tragédie c'est que chacune des forces qui s'y opposent est également légitime, a le droit de vivre. D'où faible tragédie : qui met en œuvre des forces illégitimes. D'où forte tragédie : qui légitime *tout*.

*

Sur les plateaux du Mézenc, le vent à grands coups d'épée sifflant dans l'air.

1. Il existe, dans les archives de Camus, trois pages de notes sur d'Aubigné.

*

Vivre avec ses passions suppose qu'on les a asservies.

*

Le Retour éternel suppose la complaisance dans la douleur.

*

La vie est encombrée d'événements qui nous font souhaiter de devenir plus vieux.

*

Ne pas oublier : la maladie et sa décrépitude. Il n'y a pas une minute à perdre — ce qui est peut-être le contraire de « il faut se dépêcher ».

*

Moralité : On ne peut pas vivre avec les gens en connaissant leurs arrière-pensées.

Refuser obstinément tout jugement collectif. Apporter l'innocence au milieu de l'aspect « commentaire » de toute société.

*

La chaleur mûrit les êtres comme les fruits. Ils sont mûrs avant de vivre. Ils savent tout avant d'avoir rien appris.

*

B. B. « Personne ne se rend compte que certaines personnes dépensent une force herculéenne pour être seulement normales. »

*

Peste. Si les carnets de Tarrou ont tant de place, c'est qu'il s'est trouvé mourir chez le narrateur (au début).

— Êtes-vous sûr que la contagion soit un fait, l'isolement recommandable ? — Je ne suis sûr de rien, mais je suis sûr que des cadavres abandonnés, la promiscuité, etc., ne sont pas recommandables. Les théories peuvent changer, mais il y a quelque chose qui vaut toujours et en tout temps, c'est la cohérence.

*

A force de lutter, les formations sanitaires ne s'intéressent plus aux nouvelles de la peste.

La peste supprime les jugements de valeur. On ne juge plus les qualités des vêtements, des aliments, etc. On accepte tout.

Le séparé veut demander au docteur un certificat pour pouvoir sortir (c'est ainsi qu'il le connaît) il raconte ses démarches... Il revient régulièrement.

Les trains, les gares, les attentes.

La peste accuse la séparation. Mais le fait d'être réuni n'est qu'un hasard qui se prolonge. C'est la peste qui est la règle.

*

1er septembre 1943.

Celui qui désespère des événements est un lâche,
mais celui qui espère en la condition humaine est un
fou.

*

15 septembre.

Il laisse tout tomber, travail personnel, lettres d'affaires, etc. pour répondre à une petite fille de treize
ans qui lui écrit avec son cœur !

*

Puisque le mot d'existence recouvre quelque chose,
qui est notre nostalgie, mais puisqu'en même temps
il ne peut s'empêcher de s'étendre à l'affirmation
d'une réalité supérieure, nous ne le garderons que
sous une forme convertie — nous dirons philosophie
inexistentielle, ce qui ne comporte pas une négation
mais prétend seulement rendre compte de l'état de
« l'homme privé de... » La philosophie inexistentielle
sera la philosophie de l'exil.

*

Sade. « On déclame contre les passions, sans songer
que c'est à leur flambeau que la philosophie allume
le sien. »

*

L'art a les mouvements de la pudeur. Il ne peut pas dire les choses directement.

*

En période de révolution ce sont les meilleurs qui meurent. La loi du sacrifice fait que finalement ce sont toujours les lâches et les prudents qui ont la parole puisque les autres l'ont perdue en donnant le meilleur d'eux-mêmes. Parler suppose toujours qu'on a trahi.

*

Il n'y a que les artistes qui fassent du bien au monde. Non, dit Parain.

*

Peste. Tous luttent — et chacun à sa façon. La seule lâcheté est de se mettre à genoux... On vit sortir des tas de nouveaux moralistes et leur conclusion était toujours la même : il faut se mettre à genoux. Mais Rieux répondait : il faut lutter de telle et telle façon.

L'exilé passe des heures dans des gares. Faire revivre la gare morte.

Rieux : « Dans toute collectivité en lutte il faut des hommes qui tuent et des hommes qui guérissent. J'ai choisi de guérir. Mais je sais que je suis en lutte. »

*

Peste. Il y a en ce moment des ports lointains dont l'eau est rose à l'heure du couchant.

*

« Venir à Dieu parce qu'on s'est dépris de la terre et que la douleur vous a séparé du monde, cela est vain. Dieu a besoin d'âmes attachées au monde. C'est votre joie qui lui complaît. »

*

Répéter ce monde c'est peut-être le trahir plus sûrement qu'en le transfigurant. La meilleure des photographies est déjà une trahison.

Contre le rationalisme. Si le déterminisme pur avait du sens, il suffirait d'une seule affirmation vraie pour que, de conséquence en conséquence, on parvienne à la vérité tout entière. Cela n'est pas. Donc ou bien nous n'avons jamais prononcé une seule affirmation vraie et pas même celle que tout est déterminé. Ou bien nous avons dit vrai mais *pour rien* et le déterminisme est faux.

*

Pour ma « création contre Dieu » [1]. C'est un critique catholique (Stanislas Fumet) qui dit que l'art,

1. Cf. « Révolte et Art » dans *L'Homme révolté*, p. 313 et sq.

quel que soit son but, fait toujours une coupable concurrence à Dieu. De même : Roger Secrétain, *Cahiers du Sud,* août-septembre 43. Encore Péguy : « Il y a même une poésie qui tire son éclat de l'absence de Dieu, qui ne spécule sur aucun salut, qui ne s'en remet à rien d'autre qu'à elle-même, effort humain, récompensé dès la terre, à remplir le vide des espaces. »

Il n'y a pas de milieu entre la littérature apologétique et la littérature de concurrence.

*

Le devoir c'est de faire ce qu'on sait être juste et bon — « préférable ». Cela est facile? Non, car même ce qu'on sait être préférable, on le fait difficilement.

*

Absurde. Si l'on se tue, l'absurde est nié. Si l'on ne se tue pas l'absurde révèle à l'usage un principe de satisfaction qui le nie lui-même. Cela ne veut pas dire que l'absurde n'est pas. Cela veut dire que l'absurde est *réellement* sans logique. C'est pourquoi on ne peut *réellement* pas en vivre.

*

Paris. Novembre 1943 [1].

Surena. Au 4ᵉ acte, toutes les portes sont gardées.

1. Camus est entré comme lecteur aux Éditions Gallimard le 2 novembre 1943.

Et Eurydice qui a trouvé jusqu'ici de si admirables accents commence à se taire, à presser son cœur sans pouvoir exprimer le mot qui la délivrerait. Elle se taira jusqu'à la fin — où elle meurt de n'avoir pas parlé. Et Surena :

« Ah !... la douleur qui me presse
Ne la ravalez pas jusques à la tendresse. »

L'admirable gageure du théâtre classique où de successifs couples d'acteurs viennent dire les événements sans les jamais vivre — et où pourtant l'angoisse et l'action ne cessent de croître.

*

Parain. Ils ont tous triché. Ils n'ont jamais dépassé le désespoir où ils se trouvaient. Et cela, à cause de la littérature. Un communiste pour lui c'est quelqu'un qui a renoncé au langage et l'a remplacé par la *révolte de fait*. Il a choisi de faire ce que le Christ a dédaigné de faire, sauver les damnés — en se damnant.

*

Dans toute souffrance, émotion, passion, il y a un stade où elle appartient à l'homme même dans ce qu'il a de plus individuel et de plus inexprimable et un stade où elle appartient à l'art. Mais dans son premier moment l'art ne peut jamais rien en faire. L'art est la distance que le temps donne à la souffrance.

C'est la transcendance de l'homme par rapport à lui-même.

*

Avec Sade [1] l'érotisme systématique est une des directions de la pensée absurde.

*

Pour Kafka, la mort n'est pas une délivrance. Son pessimisme humble suivant Magny.

*

Peste. L'amour avait pris chez eux la forme de l'obstination.

*

Ajouter épreuves Caligula : « Allons, la tragédie est terminée, l'échec est bien complet. Je me détourne et je m'en vais. J'ai pris ma part de ce combat pour l'impossible. Attendons de mourir, sachant d'avance que la mort ne délivre de rien [2]. »

*

« Le Christ est peut-être mort pour quelqu'un mais ce n'est pas pour moi ». — L'homme est coupable mais il l'est de n'avoir pas su tout tirer de lui-même — c'est une faute qui a grossi depuis le début.

1. Cf., dans *L'Homme révolté*, « Un homme de lettres », p. 55 et 59.
2. En fait, Camus n'a pas utilisé ces notes.

❋

Sur la justice — le type qui n'y croit plus à partir du moment où on le passe à tabac.

Id. Ce que je reproche au Christianisme, c'est qu'il est une doctrine de l'injustice.

❋

Peste. Finir sur une femme immobile et en deuil qui annonce en souffrances ce que les hommes ont donné en vie et en sang.

❋

Trente ans.

La première faculté de l'homme est l'oubli. Mais il est juste de dire qu'il oublie même ce qu'il a fait de bien.

❋

Peste. C'est la séparation qui est la règle. Le reste est hasard.

— Mais les gens sont toujours réunis.

— Il y a des hasards qui durent toute une vie.

On interdit les bains de mer. C'est le signe. Défense de réjouir son corps — de rejoindre la vérité des choses. Mais la peste finit et il y aura une vérité des choses.

Journal du séparé ?

*

La plus grande économie qu'on puisse réaliser dans l'ordre de la pensée c'est d'accepter la non-intelligibilité du monde — et de s'occuper de l'homme.

*

Lorsque, vieux, on arrive à une sagesse ou à une morale, trouble qu'on doit ressentir au regret de tout ce qu'on a fait de contraire à cette morale et à cette sagesse. Trop en avance ou trop en retard. Il n'y a pas de milieu.

*

Je fréquente les X. parce qu'ils ont meilleure mémoire que moi. Le passé que nous avons en commun, ils le font plus riche pour moi en me remettant dans la mémoire tout ce qui en était sorti.

*

Pour que l'œuvre soit défi, il faut qu'elle soit terminée (d'où nécessité du « sans lendemain »). Elle est le contraire de la création divine. Elle est terminée, bien limitée, claire, pétrie de l'exigence humaine. L'unité est dans nos mains.

*

Parain. L'individu peut-il choisir le moment où il peut mourir pour la vérité ?

Dans ce monde, il y a les témoins et les gâcheurs. Dès qu'un homme témoigne et meurt, on gâche son témoignage par les mots, la prédication, l'art, etc.

*

Le succès peut bonifier le jeune homme, comme le bonheur l'homme fait. Son effort reconnu, il peut y ajouter la détente et l'abandon, vertus royales.

*

Roger Bacon fait *douze ans* de prison pour avoir affirmé la primauté de l'expérience dans les choses de la connaissance.

*

Il y a un moment où la jeunesse se perd. C'est le moment où l'on perd les êtres. Et il faut savoir l'accepter. Mais ce moment est dur.

*

A propos du roman américain : Il vise à l'universel. Comme le classicisme. Mais alors que le classicisme vise un universel éternel, la littérature contemporaine, du fait des circonstances (interpénétration des frontières) vise à un universel historique. Ce n'est pas l'homme de tous les temps, c'est l'homme de tous les espaces.

＊

Peste. « Il aimait se réveiller à quatre heures du matin et l'imaginer alors. C'était l'heure où il pouvait se saisir d'elle. A quatre heures du matin, *on ne fait rien. On dort* [1]. »

Une troupe théâtrale continue à jouer : une pièce sur Orphée et Eurydice.

＊

Les séparés : Le monde... Mais que suis-je moi pour les juger. Ils ont tous raison. Mais il n'y a pas d'issue.

Conversation sur l'amitié entre docteur et Tarrou : « J'y ai pensé. Mais ce n'est pas possible. La peste ne laisse *pas de temps*. — Soudain : En ce moment nous vivons tous *pour* la mort. Ça fait réfléchir.

Id. Un type qui choisit *le silence*.

＊

— Défendez-vous, disaient les juges.
— Non, dit l'Inculpé.
— Pourquoi ? Cela se doit.
— Non encore. Je veux que vous preniez toute votre responsabilité.

＊

Du naturel en art. Absolu il est impossible. Parce que le réel est impossible (mauvais goût, vulgarité,

1. Cf. Rambert dans *La Peste*, p. 1307 (Pléiade).

inadéquation à l'exigence profonde de l'homme). C'est pour cela que la création humaine, faite à partir du monde, est toujours pour finir tournée contre le monde. Les romans-feuilletons sont mauvais parce que dans leur plus grande part ils sont vrais (soit que la réalité se soit conformée à eux, soit que le monde soit conventionnel). C'est l'art et l'artiste qui refont le monde, mais toujours avec une arrière-pensée de protestation.

*

Portrait de S. par A. : « Sa grâce, sa sensibilité, ce mélange de langueur et de fermeté, de prudence et d'audace, cette naïveté qui ne l'empêche pas d'être sainement avertie. »

*

Les Grecs n'auraient rien compris à l'existentialisme — alors que, *malgré le scandale,* ils ont pu entrer dans le Christianisme. C'est que l'existentialisme ne suppose pas de *conduite.*
Id. Il n'y a pas de connaissance absolument pure, c'est-à-dire désintéressée. L'art est un essai, par la description, de connaissance pure.

*

Poser la question du monde absurde, c'est demander : « Allons-nous accepter le désespoir, sans rien faire. » Je suppose que personne d'honnête ne peut répondre oui.

*

Algérie. Je ne sais pas si je me fais bien comprendre. Mais j'ai le même sentiment à revenir vers l'Algérie qu'à regarder le visage d'un enfant. Et pourtant, je sais que tout n'est pas pur.

*

Mon œuvre. Terminer suite d'œuvres sur livre sur le monde créé : « *La création corrigée.* »

*

Si l'œuvre, produit de la révolte, résume l'ensemble des aspirations de l'homme, elle est forcément idéaliste (?). Ainsi le plus pur produit de la création révoltée, c'est le roman d'amour qui...

*

Cette extraordinaire confusion qui fait qu'on nous présente la poésie comme un exercice spirituel et le roman comme une ascèse personnelle.

*

Roman. En face de l'action ou de la mort, toutes les attitudes d'un même homme. Mais chaque fois comme si c'était la bonne.

*

Peste. On ne peut pas jouir du cri des oiseaux dans la fraîcheur du soir — du monde tel qu'il est. Car il est recouvert maintenant d'une couche épaisse d'histoire que son langage doit traverser pour nous atteindre. Il en est déformé. Rien de lui n'est senti pour lui-même parce qu'à chaque moment du monde s'attache toute une série d'images de mort ou de désespoir. Il n'y a plus de matin sans agonies, plus de soir sans prisons et plus de midi sans carnages épouvantables.

*

Mémoires d'un bourreau. « J'alterne la douceur et la violence. Psychologiquement, c'est une bonne chose. »

*

Peste. Le type qui se demande s'il doit entrer dans les formations sanitaires ou se garder pour son grand amour. Fécondité ! Où est-elle ?

Id. Après le couvre-feu, la ville reste de pierre.

Id. Ce qui les gênait, c'était l'insécurité. Tous les jours, toutes les heures, sans répit, traqués, incertains.

Id. J'essaie de me tenir prêt. Mais il y a toujours une heure de la journée ou de la nuit où l'homme est lâche. C'est de cette heure que j'ai peur.

Id. Le camp d'isolement. « Je savais ce que c'était. On m'oublierait, cela était sûr. Ceux qui ne me

connaissaient pas m'oublieraient parce qu'ils pense-
raient à autre chose et ceux qui me connaissaient et
m'aimaient m'oublieraient parce qu'ils s'épuiseraient
en démarches et en pensées pour me faire sortir. De
toutes façons personne ne penserait à moi. Personne
ne m'imaginerait minute par minute, etc., etc. »
    (Faire visiter par Rambert.)
    Id. Les formations sanitaires ou les hommes du
rachat. Tous les hommes des formations sanitaires
ont l'air triste.
    Id. « C'est sur cette terrasse que le docteur Rieux
conçut l'idée de laisser une chronique de l'événement
où la solidarité qu'il se sentait avec ces hommes fût
bien mise en évidence. Et ce témoignage qui s'achève
ici... etc. »
    Id. Dans la peste on ne vit plus par le corps, on
se décharne.
    Id. Début : Le docteur accompagne sa femme à la
gare. Mais il est obligé de réclamer la fermeture.

*

Être et Néant (p. 135-136). Étrange erreur sur nos
vies parce que nous essayons d'éprouver nos vies de
l'extérieur.

*

Si le corps a sa nostalgie de l'âme, il n'y a pas de
raisons pour que dans l'éternité l'âme ne souffre dou-
loureusement de sa séparation d'avec le corps — et
qu'alors elle n'aspire encore à retrouver la terre.

*

On écrit dans les instants de désespoir. Mais qu'est-ce que le désespoir?

*

On ne peut rien fonder sur l'amour : il est fuite, déchirement, instants merveilleux ou chute sans délai. Mais il n'est pas...

*

Paris ou le décor même de la sensibilité.

*

Nouvelles. En pleine Révolution le type qui promet la vie sauve à des adversaires. Ensuite un tribunal de son parti les condamne à mort. Il les fait évader.

Id. Un prêtre torturé trahit [1].

Id. Cyanure. Il ne l'utilise pas pour voir s'il ira jusqu'au bout.

Id. Le type qui tout d'un coup fait de la défense passive. Il soigne les sinistrés. Mais il a gardé le brassard. On le fusille.

Id. Le lâche.

*

Peste. *Après* la peste il *entend* la pluie sur la terre pour la première fois.

---

1. On retrouve ce thème dans *Le Renégat* (*L'Exil et le Royaume*).

Id. Puisqu'il allait mourir, il devenait urgent de trouver que la vie était stupide. C'était ce qu'il avait pensé jusque-là, que du moins cela lui serve dans ce moment difficile. Il n'allait tout de même pas, juste à l'heure où il fallait mettre tous les avantages de son côté, trouver des sourires à un visage qu'il avait toujours vu fermé.

Id. Le type qu'on met à l'hôpital par erreur. C'est une erreur, disait-il. Quelle erreur ? Ne soyez pas stupide, il n'y a jamais d'erreurs.

Id. Médecine et Religion : Ce sont deux métiers et ils semblent se concilier. Mais aujourd'hui où tout est clair, on comprend qu'ils sont inconciliables — et qu'il faut choisir entre le relatif et l'absolu. « Si je croyais à Dieu, je ne soignerais pas l'homme. Si j'avais l'idée qu'on pût guérir l'homme, je ne croirais pas à Dieu. »

Justice : l'expérience de la justice *par le sport.*

*

Peste. Le type qui accepte avec philosophie la maladie des autres. Mais que son meilleur ami soit malade — et il met tout en œuvre. Donc la solidarité du combat est chose vaine, ce sont les sentiments individuels qui triomphent.

Chronique de Tarrou : un match de boxe — Tarrou se fait un copain boxeur. Combats clandestins organisés — un football — un tribunal.

Cette bonne heure du matin où, après un bon petit déjeuner on marche dans les rues en fumant une cigarette. Il y avait encore de bons moments.

Tarrou : « C'est curieux, vous avez une philosophie

triste et un visage heureux. » — Concluez alors que ma philosophie n'est pas triste.

Au milieu, tous les personnages se retrouvent dans la même formation sanitaire. Un chapitre sur une grande réunion.

Le dimanche d'un joueur de football qui ne peut plus jouer, le lier à Tarrou : Etienne Villaplane, depuis que les matches de football sont interdits, s'ennuie le dimanche. Ce qu'étaient ses dimanches. Ce qu'ils sont : il traîne dans les rues, donne des coups de pied dans les cailloux qu'il essaie d'envoyer droit dans les bouches d'égout (« Un à zéro », dit-il. Et il ajouta que la vie était vache). Il intervient dans les jeux d'enfants où il y a des balles. Il crache ses mégots et les rattrape d'un coup de pied (au début, naturellement. Ensuite il garda les mégots).

Rieux et Tarrou.

Rieux : Quand on écrit ce que vous écrivez, il semble que l'on n'a rien à faire avec le service des hommes.

— Allons, dit Tarrou, ce n'est qu'une apparence.

*

W. Toute chose qu'elle peut définir lui paraît méprisable. Elle dit : « C'est écœurant. Ça fait lutte des sexes. » Or la lutte des sexes existe et nous n'y pouvons rien.

*

Un être qui exige que *l'autre* fasse tout et qui alors subit et vit passivement sauf à agir, et violemment,

pour persuader l'autre de continuer à tout donner
et à tout faire.

*

Essai sur Révolte : « Tous les révoltés agissent
pourtant comme s'ils croyaient à l'achèvement de
l'histoire. La contradiction est... »
Id. La liberté n'est que le vœu de quelques esprits.
La justice celui du plus grand nombre et le plus
grand nombre confond même la justice et la liberté.
Mais question : la justice absolue égale-t-elle le
bonheur absolu ? — On arrive à cette idée qu'il faut
choisir de sacrifier la liberté à la justice ou la justice
à la liberté. Pour un artiste, cela revient dans certaines circonstances à choisir entre son art et le
bonheur des hommes.
*L'homme peut-il à lui seul créer ses propres
valeurs ? C'est tout le problème.*
Vous êtes pertinent ? Mais je n'ai jamais dit que
l'homme n'était pas raisonnable. Ce que je veux, c'est
le priver de son prolongement illusoire et faire reconnaître qu'avec cette privation il est enfin clair et
cohérent.
Id. Sacrifice qui conduit à valeur. Mais suicide
égoïste aussi : met une valeur en avant — qui lui
paraît plus importante que sa propre vie — c'est le
sentiment de cette vie digne et heureuse dont il a
été privé.

*

Considérer l'héroïsme et le courage comme des

valeurs secondaires — *après avoir fait preuve de courage.*

*

Roman du suicidé à terme. Fixé à un an — sa formidable supériorité du fait que la mort lui est indifférente.

Le lier à roman sur amour ?

*

Caractère insensé du sacrifice : le type qui meurt pour quelque chose *qu'il ne verra pas.*

*

J'ai mis dix ans à conquérir ce qui me paraît sans prix : un cœur sans amertume. Et comme il arrive souvent, l'amertume une fois dépassée, je l'ai enfermée dans un ou deux livres. Ainsi je serai toujours jugé sur cette amertume qui ne m'est plus rien. Mais cela est juste. C'est le prix qu'il faut payer.

*

Le terrible et dévorant égoïsme des artistes.

*

On ne peut conserver un amour que pour des raisons extérieures à l'amour. Des raisons morales, par exemple.

*

Roman. Qu'est-ce que l'amour pour elle : ce vide, ce petit creux en elle depuis qu'ils se sont reconnus, cet appel des amants l'un vers l'autre, criant leurs noms.

*

On ne peut pas être capable d'engagement sur tous les plans. Du moins peut-on choisir de vivre sur le plan où l'engagement est possible. Vivre ce qu'on a d'honorable et cela seulement. Dans certains cas cela peut conduire à se détourner des êtres même (et surtout) pour un cœur qui a la passion des êtres.

En tout cas cela fait du déchirement. Mais qu'est-ce que cela prouve ? Cela prouve que celui qui aborde *sérieusement* le problème moral doit finir dans les extrêmes. Qu'on soit pour (Pascal) ou contre (Nietzsche), il suffit qu'on le soit sérieusement et l'on voit que le problème moral n'est que sang, folie et cris.

*

Révolte. Chap. 1er. La morale existe. Ce qui est immoral, c'est le Christianisme. Définition d'une morale contre le rationalisme intellectuel et l'irrationalisme divin.

Chap. X. La conspiration comme valeur morale.

*

Roman.

Celle qui a tout fait manquer par distraction : « Et pourtant, je l'aimais de toute mon âme. »

— Allons, dit le prêtre, ce n'était pas encore assez.

*

Dimanche 24 septembre 1944. Lettre.

Roman : « Nuit d'aveux, de larmes et de baisers. Lit trempé par les pleurs, la sueur, l'amour. Au sommet de tous les déchirements. »

*

Roman. Un être beau. Et il fait tout pardonner.

*

Ceux qui aiment toutes les femmes sont ceux qui sont en route vers l'abstraction. Ils dépassent ce monde, quoiqu'il y paraisse. Car ils se détournent du particulier, du cas singulier. L'homme qui fuirait toute idée et toute abstraction, le vrai désespéré, est l'homme d'une seule femme. Par entêtement dans ce visage singulier qui ne peut satisfaire à tout.

*

Décembre. Ce cœur plein de larmes et de nuit.

*

Peste. Séparés, ils s'écrivent et il trouve le ton juste et il garde son amour. Triomphe du langage et du bien écrire.

*

Justification de l'art : La véritable œuvre d'art aide à la sincérité, renforce la complicité des hommes, etc...

*

Je ne crois pas aux actions désespérées. Je ne crois qu'aux actions fondées. *Mais* je crois qu'il faut peu de choses pour fonder une action.

*

Il n'y a pas d'autre objection à l'attitude totalitaire que l'objection religieuse ou morale. Si ce monde n'a pas de sens, ils ont raison. Je n'accepte pas qu'ils aient raison. Donc...

C'est à nous de créer Dieu. Ce n'est pas lui le créateur. Voilà toute l'histoire du Christianisme. Car nous n'avons qu'une façon de créer Dieu, qui est de le devenir.

*

Roman sur la Justice.

A la fin. Devant la mère pauvre et malade

— Je suis bien tranquille pour toi, Jean. Tu es intelligent.

— Non, mère, ce n'est pas cela. Je me suis trompé souvent et je n'ai pas toujours été un homme juste. Mais il y a une chose...

— Bien sûr.

— Il y a une chose, c'est que je ne vous ai jamais trahis. Toute ma vie, je vous ai été fidèle.

— Tu es un bon fils, Jean. Je sais que tu es un très bon fils.

— Merci, mère.

— Non, c'est moi qui te remercie. Toi, il faut que tu continues.

*

Il n'y a pas de liberté pour l'homme tant qu'il n'a pas surmonté sa crainte de la mort. Mais non par le suicide. Pour surmonter il ne faut pas s'abandonner. Pouvoir mourir en face, sans amertume.

*

L'héroïsme et la sainteté, vertus secondaires. Mais il faut avoir fait ses preuves.

*

Roman sur Justice. Un rebelle qui exécute une action dont il sait qu'elle fera tuer des otages innocents... Puis il accepte de signer la grâce d'un écrivain qu'il méprise.

La réputation. Elle vous est donnée par des médiocres et vous la partagez avec des médiocres ou des gredins.

*

La grâce ?

Nous devons servir la justice parce que notre condition est injuste, ajouter au bonheur et à la joie parce que cet univers est malheureux. De même, nous ne devons pas condamner à mort puisqu'on a fait de nous des condamnés de mort.

Le médecin, ennemi de Dieu : il lutte contre la mort.

*

Peste. Rieux dit qu'il était l'ennemi de Dieu puisqu'il luttait contre la mort et que c'était même son métier que d'être l'ennemi de Dieu. Il dit aussi qu'en essayant de sauver Paneloux il lui démontrait en même temps qu'il avait tort et qu'en acceptant d'être sauvé Paneloux acceptait la possibilité de n'avoir pas raison. Paneloux lui dit seulement qu'il finirait par avoir raison puisque sans nul doute il mourrait et Rieux répondit que l'essentiel était de ne pas accepter et de lutter jusqu'au bout.

*

Sens de mon œuvre : Tant d'hommes sont privés de la grâce. Comment vivre sans la grâce ? Il faut bien s'y mettre et faire ce que le Christianisme n'a jamais fait : s'occuper des damnés.

*

Le classicisme, c'est la domination des passions. Les passions étaient individuelles aux grands siècles. Aujourd'hui elles sont collectives. Il faut dominer les passions collectives c'est-à-dire leur donner leur forme. Mais dans le même temps qu'on les éprouve on en est dévoré. C'est pourquoi la plupart des œuvres de l'époque sont des reportages et non des œuvres d'art.

Réponse : si on ne peut pas tout faire en même temps, renoncer à tout. Qu'est-ce à dire ? Il y faut plus de force et de volonté qu'il n'en fallait. Nous y parviendrons. Le grand classique de demain est un vainqueur inégalé.

*

Roman sur la justice.

Le type qui rallie les révolutionnaires (Comm.) après jugement ou suspicion (parce qu'il faut de l'unité), on lui donne immédiatement une mission où tout le monde sait qu'il faut mourir. Il accepte parce que c'est dans l'ordre. Il y meurt.

Id. Le type qui applique la morale de la sincérité pour affirmer la solidarité. Son immense solitude finale.

Id. Nous tuons les plus culottés d'entre eux. Ils ont tué les plus culottés d'entre nous. Il reste les fonctionnaires et la connerie. Ce que c'est que d'avoir des idées.

*

Peste. Un chapitre sur la fatigue.

*

Révolte. La liberté c'est le droit de ne pas mentir.
Vrai sur le plan social (subalterne et supérieur) et sur
le plan moral.

*

Création corrigée [1]. *Histoire du suicide à terme.*

*

Peste. « Les choses qui gémissent d'être séparées. »

*

Celui-là (un inspecteur de la S.N.C.F.,) il ne vit
que pour les chemins de fer.
Le fonctionnaire de la S.N.C.F. vit à la surface
pelliculaire de la matière.

*

Le cousin de M. V. Il collectionne les montgol-
fières (en porcelaine, en pipes, en presse-papiers, en
encriers, etc.).

---

1. On retrouvera fréquemment ce titre dans les *Carnets,* et
notamment plus loin (cahier V, p. 201). « Création corrigée ou le
système. »

❋

Roman universel. Le tank qui se retourne et se défait comme un mille-pattes.

❋

Bob à l'attaque dans les prairies d'été. Son casque couvert de ravenelles et d'herbes folles.

❋

Création corrigée.

Le tank qui se retourne et se débat comme un mille-pattes.

Bob dans les prairies d'été en Normandie. Son casque couvert d'herbes folles et de ravenelles.

Cf. rapport de la commission anglaise dans le *Times* sur atrocités.

Le journaliste espagnol de Suzy (demander son texte) (des enfants lui montrent les cadavres en riant).

Douche froide au cœur pendant une heure.

Toute la journée on parle de la possibilité d'avoir une soupe au lait le soir parce que ça fait pisser plusieurs fois dans la nuit. Que les w.-c. sont à cent mètres du block, qu'il fait froid, etc.

— Les femmes déportées entrant en Suisse et qui éclatent de rire en apercevant un enterrement : « C'est comme ça qu'ils traitent les morts ici. »

— Jacqueline.

— Les deux jeunes Polonais à qui l'on fait brûler,

à quatorze ans, leur maison où se trouvent leurs parents. De quatorze à dix-sept, Buchenwald.

— La concierge de la Gestapo installée dans deux étages d'un immeuble rue de la Pompe. Au matin, elle fait le ménage au milieu des torturés. « Je ne m'occupe jamais de ce que font mes locataires. »

— Jacqueline retour de Kœnisberg à Ravensbruck — 100 kilomètres à pied. Dans une grande tente divisée en quatre par un châssis. Tant de femmes qu'elles ne peuvent dormir, à même le sol, qu'en s'encastrant les unes dans les autres. La dysenterie. Les w.-c. à cent mètres. Mais il faut enjamber et piétiner les corps. On se fait dessus.

— Aspect mondial dans le dialogue de la politique et de la morale. En face de ce conglomérat de forces gigantesques : Sintes [1].

— X. déportée, libérée avec un tatouage sur la peau : a servi pendant un an au camp des S.S. de...

*

Démonstration. Que l'abstraction est le mal. Elle fait les guerres, les tortures, la violence, etc. Problème : comment la vue abstraite se maintient en face du mal charnel — l'idéologie face à la torture infligée au nom de cette idéologie.

*

Christianisme. Vous seriez bien punis si nous admettions vos postulats. Car alors notre condamnation serait sans merci.

1. Les quelques lettres qui précèdent « Sintes » sont illisibles.

*

Sade. Autopsie par Gall : « Le crâne mis à nu ressemblait à tous les crânes des vieillards. Les organes de la tendresse paternelle et de l'amour des enfants y sont saillants. »

Sade sur Mme de Lafayette : « Et en devenant plus concise, elle devint plus intéressante. »

Admiration passionnée de Sade pour Rousseau et Richardson dont il a appris « que ce n'est pas toujours en faisant triompher la vertu qu'on intéresse ».

Id. « On n'acquiert la connaissance du cœur de l'homme » que par des malheurs et des voyages.

Id. L'homme du xviiie siècle : « Quand, à l'exemple des Titans, il ose jusqu'au ciel porter sa main hardie et qu'armé de ses passions il ne craint plus de déclarer la guerre à ceux qui le faisaient frémir autrement. »

*

Révolte. Finalement la politique aboutit aux partis qui desservent la communication (complicité [1]).

*

— Et la création elle-même. Que faire ? C'est le révolté qui a *le moins de chances* d'écarter les complices. Mais ils le seront.

---

1. Au manuscrit, le mot « complicité » se trouve en fait écrit au-dessus de « communication ».

*

Dégoût profond de toute société. Tentation de fuir
et d'accepter la décadence de son époque. La solitude
me rend heureux. Mais sentiment aussi que la décadence commence à partir du moment où l'on accepte.
Et on reste — pour que l'homme reste à la hauteur
qui est la sienne. Exactement, pour ne pas contribuer
à ce qu'il en descende. Mais dégoût, dégoût nauséeux
de cet éparpillement dans les autres.

*

Communication. Entrave pour l'homme parce qu'il
ne peut dépasser le cercle des êtres qu'il connaît. Au-
delà, il en fait une abstraction. L'homme *doit vivre*
dans le cercle de la chair.

*

Le cœur qui vieillit. Avoir aimé et que rien pourtant ne soit sauvé !

*

La tentation des besognes subalternes et quotidiennes.

*

C. et P. G. : la passion de la vérité. Autour d'eux,
tout le monde est crucifié.

*

Nous autres Français sommes maintenant à la
pointe de toute civilisation : nous ne savons plus faire
mourir.
C'est nous qui témoignons contre Dieu.

*

Juillet 45.
Chateaubriand à Ampère allant en Grèce en 1841 :
« Faites bien mes adieux au mont Hymette, où
j'ai laissé des abeilles ; au cap Sunium où j'ai entendu
des grillons... Il me faudra bientôt renoncer à tout.
J'erre encore dans ma mémoire au milieu de mes souvenirs ; mais ils s'effaceront... Vous n'aurez retrouvé
ni une feuille des oliviers ni un grain des raisins que
j'ai vus dans l'Attique. Je regrette jusqu'à l'herbe de
mon temps. Je n'ai pas eu la force de faire vivre une
bruyère. »

*

Révolte.
Finalement, je choisis la liberté. Car même si la
justice n'est pas réalisée, la liberté préserve le pouvoir
de protestation contre l'injustice et sauve la communication. La justice dans un monde silencieux, la
justice des muets détruit la complicité, nie la révolte
et restitue le consentement, mais cette fois sous la
forme la plus basse. C'est ici qu'on voit la primauté
que reçoit peu à peu la valeur de liberté. Mais le

difficile est de ne jamais perdre de vue qu'elle doit exiger *en même temps* la justice comme il a été dit. Ceci posé, il y a une justice aussi, quoique bien différente, à fonder la seule valeur constante dans l'histoire des hommes qui ne sont jamais bien morts que pour la liberté.

La liberté c'est pouvoir défendre ce que je ne pense pas, même dans un régime ou un monde que j'approuve. C'est pouvoir donner raison à l'adversaire.

*

« L'homme qui se repent est immense. Mais qui voudrait aujourd'hui être immense sans être vu ? » (Vie de Rancé.)

*

L'homme que je serais si je n'avais pas été l'enfant que je fus !

*

Inédits de Ch.

« Je n'ai jamais été serré dans les bras d'une femme avec cette plénitude d'abandon, ces doubles nœuds, cette ardeur de passion que j'ai cherchée et dont le charme vaudrait toute une vie. »

« Il y a des temps où le caractère étant sans énergie, les vices ne produisent que la corruption et non pas les crimes. »

Id. « S'il n'y avait point de passion, il n'y aurait

point de vertu et pourtant ce siècle est arrivé à ce comble de misère qu'il est sans passion et sans vertu ; il fait le mal et le bien, passif comme la matière. »

« Quand on a l'esprit élevé et le cœur bas, on écrit de grandes choses et on en fait de petites. »

*

Roman.

« J'ai donné aux hommes leur part. C'est-à-dire que j'ai menti et désiré avec eux. J'ai couru d'être à être, j'ai fait ce qu'il fallait. Maintenant, c'est assez. J'ai un compte à régler avec ce paysage. Je désire être seul avec lui. »

*

30 juillet 45.

A trente ans, un homme devrait se tenir en main, savoir le compte exact de ses défauts et de ses qualités, connaître sa limite, prévoir sa défaillance — être ce qu'il est. Et surtout les accepter. Nous entrons dans le positif. Tout à faire et tout à renoncer. S'installer dans le naturel mais avec son masque. J'ai connu assez de choses pour pouvoir renoncer à presque tout. Il reste un prodigieux effort, quotidien, obstiné. L'effort du secret, sans espoir, ni amertume. Ne plus rien nier puisque tout peut s'affirmer. Supérieur au déchirement.

CAHIER Nº V

septembre 1945
avril 1948

Le seul problème contemporain : Peut-on transformer le monde sans croire au pouvoir absolu de la raison ? Malgré les illusions rationalistes, même marxistes, toute l'histoire du monde est l'histoire de la liberté. Comment les chemins de la liberté pourraient-ils être déterminés ? Il est faux sans doute de dire que ce qui est déterminé c'est ce qui a cessé de vivre. Mais il n'y a de déterminé que ce qui a été vécu. Dieu lui-même, s'il existait, ne pourrait modifier le passé. Mais l'avenir ne lui appartient ni plus ni moins qu'à l'homme.

*

Antinomies politiques. Nous sommes dans un monde où il faut choisir d'être victime ou bourreau — et rien d'autre. Ce choix n'est pas facile. Il m'a toujours semblé qu'en fait il n'y avait pas de bourreaux, mais seulement des victimes. Au bout du compte, bien entendu. Mais c'est une vérité qui n'est pas répandue.

J'ai un goût très vif pour la liberté. Et pour tout

intellectuel, la liberté finit par se confondre avec la liberté d'expression. Mais je me rends parfaitement compte que ce souci n'est pas le premier d'une très grande quantité d'Européens parce que seule la justice peut leur donner le minimum matériel dont ils ont besoin et qu'à tort ou à raison ils sacrifieraient volontiers la liberté à cette justice élémentaire.

Je sais cela depuis longtemps. S'il me paraissait nécessaire de défendre la conciliation de la justice et de la liberté, c'est qu'à mon avis là demeurait le dernier espoir de l'Occident. Mais cette conciliation ne peut se faire que dans un certain climat qui aujourd'hui n'est pas loin de me paraître utopique. Il faudra sacrifier l'une ou l'autre de ces valeurs ? Que penser, dans ce cas ?

✱

Politique (suite). Tout vient de ce que ceux qui sont chargés de parler pour le peuple n'ont pas, n'ont jamais le souci réel de la liberté. Quand ils sont sincères, ils se vantent même du contraire. Or le simple souci suffirait...

Ceux donc, et ils sont rares, qui vivent avec ce scrupule doivent périr un jour ou l'autre (il y a plusieurs façons de mourir à cet égard). S'ils sont fiers, ils ne le feront pas sans avoir lutté. Mais comment pourraient-ils bien lutter contre leurs frères et toute la justice ? Ils témoigneront, voilà tout. Et, à deux millénaires d'intervalle, nous assisterons au sacrifice, plusieurs fois répété, de Socrate. Programme pour demain : mise à mort solennelle et significative des témoins de la liberté.

*

Révolte : Créer pour rejoindre les hommes ? Mais peu à peu la création nous sépare de tous et nous rejette au loin sans l'ombre d'un amour.

*

Les gens croient toujours qu'on se suicide pour une raison. Mais on peut très bien se suicider pour *deux* raisons.

*

Nous ne sommes pas nés pour la liberté. Mais le déterminisme aussi est une erreur.

*

Que pourrait être (Qu'est-ce que [1]) l'immortalité pour moi ? Vivre jusqu'à ce que le dernier homme ait disparu de la terre. Rien de plus.

*

X. Cet étrange personnage parle pour ne rien dire. Mais c'est le contraire de la légèreté. Elle dit, et puis se contredit ou reconnaît sans discuter qu'elle a tort. Tout cela parce qu'elle estime que c'est sans importance. Elle ne pense pas réellement à ce qu'elle dit,

---

1. « Qu'est-ce que » a été rajouté au crayon sur le manuscrit.

préoccupée qu'elle est d'une autre blessure, infiniment plus grave, qu'elle traînera avec elle, inconnue, jusqu'à la mort.

*

Esthétique de la révolte [1]. Si le classicisme se définit par la domination des passions, une époque classique est celle dont l'art met en formes et en formules les passions des contemporains. Aujourd'hui où les passions collectives ont pris le pas sur les passions individuelles, ce n'est plus l'amour qu'il s'agit de dominer par l'art, mais la politique, dans son sens le plus pur. L'homme s'est pris de passion, espérante ou destructrice, pour sa condition.

Mais combien la tâche est plus difficile — 1) parce que, s'il faut vivre les passions avant de les formuler, la passion collective dévore tout le temps de l'artiste ; 2) parce que les chances de mort y sont plus grandes — et que même, c'est la seule manière de vivre authentiquement la passion collective, que d'accepter de mourir pour elle. Ici donc, la plus grande chance d'authenticité est également la plus grande chance d'échec pour l'art. De là que ce classicisme est peut-être impossible. Mais s'il l'était, c'est qu'en vérité l'histoire de la révolte humaine a un sens qui était d'aboutir à cette limite. Hegel aurait raison et la fin de l'histoire serait imaginable, mais seulement dans un échec. Et Hegel ici aurait tort. Mais si, comme nous semblons le croire, ce classicisme est possible, on

1. Cf. Préface à *Chamfort* et les derniers chapitres de *L'Homme révolté*.

voit au moins qu'il ne peut être construit que par une génération — et non plus par un homme. Autrement dit, les chances d'échecs dont je parle ne peuvent être balancées que par la chance du nombre, c'est-à-dire la chance que sur dix artistes authentiques l'un survive et parvienne à trouver dans sa vie le temps de la passion et celui de la création. L'artiste ne peut plus être un solitaire. Ou, s'il l'est, c'est dans le triomphe qu'il doit à toute une génération.

*

Octobre 45.

Esthétique de la révolte

Impossibilité pour l'homme de désespérer complètement. Conclusion : toute littérature de désespoir ne figure qu'un cas limite et pas le plus significatif. Ce qui est remarquable dans l'homme ce n'est pas qu'il désespère, c'est qu'il surmonte ou oublie le désespoir. — Une littérature désespérée ne sera jamais universelle. — La littérature universelle ne peut s'arrêter au désespoir (ni à l'optimisme d'ailleurs — il suffirait d'inverser le raisonnement), elle doit seulement en tenir compte. A ajouter : raisons pour lesquelles la littérature est universelle ou n'est pas.

*

Esthétique de la révolte. Le grand style et la belle forme, expressions de la plus haute révolte.

*

Création corrigée.

« Les hommes comme moi n'ont pas peur de la mort, dit-il. C'est un accident qui leur donne raison. »

*

Pourquoi suis-je un artiste et non un philosophe ? C'est que je pense selon les mots et non selon les idées.

*

Esthétique de la révolte.

E. M. Forster. — « (L'œuvre d'art) est le seul objet matériel de l'univers qui ait une harmonie interne — Tous les autres ont pris forme par la pression de l'extérieur et s'effondrent lorsqu'on retire leur moule. L'œuvre d'art se tient debout toute seule et rien d'autre ne le peut. *Elle achève ce que la société a souvent promis, mais toujours en vain.*

... Il (l'art) est le seul produit ordonné qu'ait engendré notre race désordonnée. C'est le cri de mille sentinelles, l'écho de mille labyrinthes, c'est le phare qu'on ne peut voiler, c'est le meilleur témoignage que nous puissions donner de notre dignité ».

*

Id. Shelley : « Les poètes sont les législateurs non reconnus du monde. »

*

Tragédie.

C. et L. — Je viens vers toi pour la circonstance. Je t'envoie donc à un péril mortel.

— Ils ont tous raison, s'écrie un personnage.

C. — Je t'envoie à cette mort quasi certaine. Mais j'exige que tu me comprennes.

— Je ne puis comprendre ce qui est inhumain.

— Je renoncerai donc à cela aussi d'être compris par ceux que j'aime.

C. — Je ne crois pas à la liberté. C'est ma souf-france d'homme. La liberté aujourd'hui me gêne.

L. — Pourquoi ?

— Elle m'empêche d'établir la justice.

— Ma conviction est qu'elles peuvent se concilier.

— L'histoire montre que ta conviction est mau-vaise. Je crois qu'elles ne se concilient pas. C'est là ma sagesse d'homme.

— Pourquoi choisir celle-ci plutôt que celle-là ?

— Parce que je veux que le plus grand nombre possible d'hommes soient heureux. Et que la liberté n'est jamais que le souci, le grand souci de quelques-uns.

— Et si ta justice est manquée.

— Alors j'entrerai dans un enfer que, même aujourd'hui, tu ne peux imaginer.

— Je vais te dire ce qui arrivera (tableau).

— Chaque homme parie pour ce qu'il croit être la vérité...

Encore une fois, la liberté me gêne — Nous devons supprimer les témoins de la liberté.

C. — L., ton estime ?

L. — Qu'est-ce que cela peut te faire ?

C. — Tu as raison, c'est une faiblesse qui n'a pas de sens.

L. — C'est elle pourtant qui fait que je te garde mon estime. Adieu C... Les hommes comme moi ont toujours l'air de mourir seuls. C'est ce que je vais faire. Mais en vérité, j'aurai fait ce qu'il faut pour que les hommes ne le soient pas.

L. — Refaire le monde est une tâche insignifiante.

C. — Ce n'est pas le monde qu'il s'agit de refaire, mais l'homme.

C. — Il y a des imbéciles partout. Mais partout ailleurs il y a des imbéciles et des lâches. Parmi nous, tu ne trouveras pas un seul lâche.

L. — L'héroïsme est une vertu secondaire.

C. — Toi, tu as le droit de le dire puisque tu fais tes preuves. Mais quelle sera donc la première vertu ?

L. (le regardant). — L'amitié.

L. — Si le monde est tragique, si nous vivons dans le déchirement ce n'est pas tant à cause des tyrans. Toi et moi savons qu'il y a une liberté, une justice, une joie profonde et partagée, une communauté enfin dans la lutte contre les tyrans. Lorsque le mal domine il n'y a pas de problème. Quand l'adversaire a tort, ceux qui le combattent sont libres et pacifiés. Mais le déchirement vient parce que des hommes qui veulent également le bien de l'homme le veulent pour tout de suite ou le fixent à trois générations, et que cela suffit à les séparer pour jamais. Quand les adversaires ont également raison, alors nous entrons dans la tragédie. Et au bout de la tragédie, tu sais ce qu'il y a ?

C. — Oui, il y a la mort.

L. — Oui, il y a la mort. Et pourtant, je ne consentirai jamais à te tuer.

C. — J'y consentirais s'il le fallait. C'est ma morale. Et c'est le signe pour moi que tu n'es pas dans la vérité.

L. — C'est le signe pour moi que tu n'es pas dans la vérité.

C. — J'ai l'air de triompher parce que je suis vivant. Mais je suis dans la même nuit que vous, n'ayant pour tout secours que ma volonté d'homme.

Fin. On ramène le corps de L. Un partisan le traite avec légèreté. Silence. C. : « Celui-ci est mort en héros pour la cause qui était la nôtre. Nous avons à le respecter et à le venger [1]. »

C. — Regardez [2]. Regardez cette nuit. Elle est immense. Elle roule ses astres muets au-dessus des affreuses batailles humaines. Pendant des millénaires, vous avez adoré ce ciel pourtant obstinément silencieux, vous avez accepté que vos pauvres amours, vos

1. Les derniers mots sont simplement probables. Le manuscrit est ici d'une lecture difficile.
2. Trois mots illisibles.

désirs et vos craintes ne fussent rien en face de la
divinité. Vous avez cru à votre solitude. Et aujour-
d'hui où l'on vous demande le même sacrifice, mais
pour servir l'homme cette fois, allez-vous le refuser ?

C. — Ne me croyez pas une âme tout à fait
aveugle.

L. revient blessé.
C. — Il fallait passer quand même.
L. — Ce n'était pas possible.
C. — Puisque tu as pu revenir, tu pouvais donc
passer.
L. — Ce n'était pas possible.
C. — Pourquoi ?
L. —- Parce que je vais mourir.

X. — Ce n'est pas à vous d'y aller.
C. — C'est moi le chef ici et c'est moi qui décide.
X. — Justement, nous avons besoin de vous. Nous
ne sommes pas là pour faire de beaux gestes, mais
pour être efficaces. Un bon chef, c'est la condition de
l'efficacité.
C. — C'est bien, X. Mais je n'aime pas beaucoup
les vérités qui tournent à mon bénéfice. J'irai donc.

La F. — Mais qui donc a raison ?
Le lieut. — Celui qui survit.
Un homme entre.
— Il est mort, lui aussi [1].

1. Ces quatre lignes ont été rajoutées au crayon sur le manuscrit.

Ah ! non, non ! Et je sais bien moi qui avait raison. C'était lui, oui, lui qui demandait la réunion.

*

Révolte.
Les passions collectives prennent le pas sur les passions individuelles. Les hommes ne savent plus aimer.
Ce qui les intéresse aujourd'hui, c'est la condition
humaine et non plus les destins individuels.

*

La liberté est la dernière des passions individuelles.
C'est pourquoi elle est aujourd'hui immorale. En
société, et à proprement parler en elle-même, elle est
immorale.

*

La philosophie est la forme contemporaine de l'im-
pudeur.

*

A trente ans, presque du jour au lendemain, j'ai
connu la renommée. Je ne le regrette pas. J'aurais pu
en faire plus tard de mauvais rêves. Maintenant, je
sais ce que c'est. C'est peu de chose.

*

Trente articles [1]. La raison des louanges est aussi mauvaise que celle des critiques. A peine une ou deux voix authentiques ou émues. La renommée ! Dans le meilleur des cas, un malentendu. Mais je ne prendrai pas l'air supérieur de qui la dédaigne. Elle est aussi un signe des hommes, ni plus ni moins important que leur indifférence, que l'amitié, que la détestation. Que me fait tout cela pour finir ? Ce malentendu, pour qui sait le prendre, est une libération. Mon ambition, si j'en ai une, est d'un autre ordre.

*

Novembre — 32 ans.

La pente la plus naturelle de l'homme c'est de se ruiner et tout le monde avec lui. Que d'efforts démesurés pour être seulement normal ! Et quel plus grand effort encore pour qui a l'ambition de se dominer et de dominer l'esprit. L'homme n'est rien de lui-même. Il n'est qu'une chance infinie. Mais il est le responsable infini de cette chance. De lui-même, l'homme est porté à se diluer. Mais que sa volonté, sa conscience, son esprit d'aventure l'emportent et la chance commence de croître. Personne ne peut dire qu'il a atteint la limite de l'homme. Les cinq années que nous venons de passer m'ont appris cela. De la bête au martyre, de l'esprit du mal au sacrifice sans espoir,

1. Après la représentation de *Caligula*.

pas un témoignage qui n'ait été bouleversant. A chacun de nous revient d'exploiter en lui-même la plus grande chance de l'homme, sa vertu définitive. Le jour où la limite humaine aura un sens, alors le problème de Dieu se posera. Mais pas avant, jamais avant que la possibilité ait été vécue jusqu'au bout. Il n'y a qu'un but possible aux grandes actions et c'est la fécondité humaine. *Mais d'abord se rendre maître de soi-même.*

*

La tragédie n'est pas une solution.

*

Parain. Dieu ne s'est pas créé lui-même. Il est le fils de l'orgueil humain.
Comprendre c'est créer.

*

Révolte. Si l'homme échoue à concilier la justice et la liberté, alors il échoue à tout — Et c'est la religion qui a raison ? Non, s'il accepte l'approximation.

*

Il faut des tombereaux de sang et des siècles d'histoire pour aboutir à une modification imperceptible de la condition humaine. Telle est la loi. Pendant des années les têtes tombent comme la grêle, la Terreur règne, on crie la Révolution, et on aboutit à rem-

placer la monarchie légitime par la monarchie consti-
tutionnelle.

*

J'ai vécu toute ma jeunesse avec l'idée de mon
innocence, c'est-à-dire avec pas d'idée du tout. Aujour-
d'hui...

*

Je ne suis pas fait pour la politique puisque je suis
incapable de vouloir ou d'accepter la mort de l'adversaire.

*

C'est par un continuel effort que je puis créer. Ma
tendance est de rouler à l'immobilité. Ma pente la
plus profonde, la plus sûre, c'est le silence et le geste
quotidien. Pour échapper au divertissement, à la
fascination du machinal, il m'a fallu des années
d'obstination. Mais je sais que je me tiens debout
par cet effort même et que si je cessais un seul instant
d'y croire je roulerais dans le précipice. C'est ainsi
que je me tiens hors de la maladie et du renoncement, dressant la tête de toutes mes forces pour
respirer et pour vaincre. C'est ma façon de désespérer
et c'est ma façon d'en guérir.

*

Notre tâche : créer l'universalité ou du moins les

valeurs universelles. Conquérir à l'homme sa catho-
licité.

*

Le matérialisme historique, le déterminisme absolu,
la négation de toute liberté, cet affreux monde du
courage et du silence, ce sont les conséquences les
plus légitimes d'une philosophie sans Dieu. C'est ici
que Parain a raison. Si Dieu n'existe pas, rien n'est
permis. Seul le christianisme est fort à cet égard. Car,
à la divinisation de l'histoire il objectera toujours la
création de l'histoire, à la situation existentialiste il
demandera son origine, etc. Mais ses réponses à lui
ne sont pas dans le raisonnement, elles sont dans la
mythologie qui demande la foi.

Que faire entre les deux ? Quelque chose en moi
me dit, me persuade que je ne puis me détacher de
l'époque sans lâcheté, sans accepter d'être un esclave,
sans renier ma mère et ma vérité. Je ne pourrais le
faire, ou accepter un engagement à la fois sincère et
relatif, que chrétien. Non chrétien, je dois aller jusqu'au bout. Mais jusqu'au bout signifie choisir l'histoire absolument, et avec elle le meurtre de l'homme
si le meurtre de l'homme est nécessaire à l'histoire.
Sinon, je ne suis qu'un témoin. Voilà la question :
puis-je être seulement un témoin ? Autrement dit :
ai-je le droit d'être seulement un artiste ? Je ne puis
le croire. Si je ne choisis pas, il faut donc me taire et
accepter d'être un esclave. Si je choisis à la fois contre
Dieu et contre l'histoire, je suis le témoin de la
liberté pure dont la destinée dans l'histoire est d'être

mis à mort [1]. Dans l'état actuel des choses, ma situation est dans le silence ou la mort. Si je choisis de me faire violence et de croire à l'histoire, ma situation sera le mensonge et le meurtre. En dehors de cela, la religion. Je comprends qu'on s'y jette aveuglément pour échapper à cette démence et à ce déchirement atroce (oui, bien réellement atroce). Mais je ne puis le faire.

Conséquence : Ai-je le droit, en tant qu'artiste, attaché encore à la liberté, d'accepter les avantages, en argent et en considération, qui sont liés à cette attitude ? La réponse pour moi serait simple. C'est dans la pauvreté que j'ai trouvé et que je trouverai toujours les conditions nécessaires pour que ma culpabilité, si elle existe, ne soit pas honteuse du moins, et reste fière. Mais dois-je réduire à la pauvreté mes enfants, refuser même le confort très modeste que je leur prépare. Et dans ces conditions, ai-je eu tort d'accepter les tâches et les devoirs humains les plus simples, comme avoir des enfants ? A la limite, a-t-on le droit d'avoir des enfants, d'assumer la condition humaine [2] quand on ne croit pas à Dieu (rajouter les raisonnements intermédiaires).

Comme ce serait facile si je cédais à l'horreur et le dégoût que me donne ce monde, si je pouvais croire encore que la tâche de l'homme est de créer du bonheur ! Se taire du moins, se taire, se taire, jusqu'à ce que je me sente le droit...

1. Ou de tricher en tirant les avantages matériels d'une situation d'artiste favorisé. (*Note de l'auteur.*)
2. L'ai-je d'ailleurs vraiment assumée alors que j'ai eu tant de répugnances et que j'ai tant de mal à le faire. Ce cœur aux fidélités difficiles ne mérite-t-il pas cette contradiction ? (*Note de l'auteur.*)

*

Création corrigée.

Sous l'occupation : les ramasseurs de crottin. Les jardins de banlieue.

Saint-Étienne Dunières : Les ouvriers dans le même compartiment que les soldats allemands. Une baïonnette a disparu. Les soldats gardent les ouvriers jusqu'à Saint-Étienne. Le grand type qui devait descendre à Firminy. Sa rage près des larmes. Sur la fatigue du visage la fatigue plus cruelle de l'humiliation.

*

On nous somme de choisir entre Dieu et l'histoire. D'où cette terrible envie de choisir la terre, le monde et les arbres, si je n'étais tout à fait sûr que tout l'homme ne coïncide pas avec l'histoire.

*

Toute philosophie est justification de soi. La seule philosophie originale serait celle qui justifierait un autre.

*

Contre la littérature engagée. L'homme n'est pas *que* le social. Sa mort du moins lui appartient. Nous sommes faits pour vivre envers les autres. Mais on ne meurt vraiment que pour soi.

*

Esthétique de la révolte. Thibaudet de Balzac : « *La Comédie Humaine,* c'est l'imitation de Dieu le Père. » Le thème de la révolte, du hors-la-loi chez Balzac.

*

80 % de divorces chez les prisonniers rapatriés. 80 % des amours humaines ne résistent pas à cinq ans de séparation.

*

Thomas. — Heu... qu'est-ce que je disais ? Enfin, ça me reviendra tout à l'heure... De toute façon, Roupp m'a dit : Voilà, je suis manager d'un boxeur. Je voudrais diriger un peintre aussi. Alors, si tu veux... Moi, je ne voulais pas, j'aime ma liberté. Et puis, Roupp m'a proposé de m'embarquer pour Paris. Naturellement, j'ai accepté. Je mange chez lui. Il m'a pris une chambre à l'hôtel. C'est lui qui paye. Il me pousse maintenant pour que je travaille.

*

X. : Un satanisme modeste et charitable.

*

Une tragédie sur le problème du mal. Le meilleur des hommes doit être damné s'il ne sert que l'homme.

*

« Nous aimons les gens moins pour le bien qu'ils nous ont fait que pour le bien que nous leur avons fait. » Non, dans le pire des cas, nous les aimons également. Et ce n'est pas un malheur. Il est naturel qu'on soit reconnaissant à celui qui nous permet d'être une fois au moins meilleur qu'on n'est. C'est une meilleure idée de l'homme qu'on révère et qu'on salue ainsi.

*

De quel droit un communiste ou un chrétien (pour ne prendre que les formes respectables de la pensée moderne) me reprocheraient-ils d'être pessimiste ? Ce n'est pas moi qui ai inventé la misère de la créature, ni les terribles formules de la malédiction divine. Ce n'est pas moi qui ai dit que l'homme était incapable de se sauver tout seul et que du fond de son abaissement, il n'avait d'espérance définitive que dans la grâce de Dieu. Quant au fameux optimisme marxiste, on me permettra d'en rire. Peu d'hommes ont poussé plus loin la méfiance à l'égard de leurs semblables. Les marxistes ne croient pas à la persuasion ni au dialogue. On ne fait pas un ouvrier d'un bourgeois et les conditions économiques sont dans leur monde des fatalités plus terribles que les caprices divins.

Quant à M. Herriot et la clientèle des *Annales* !

Les communistes et les chrétiens me diront que leur optimisme est à plus longue portée, qu'il est supérieur à tout le reste, et que Dieu ou l'histoire, selon les cas, sont les aboutissements satisfaisants de leur dialectique. J'ai le même raisonnement à faire. Si le christianisme est pessimiste quant à l'homme, il est optimiste quant à la destinée humaine. Le marxisme, pessimiste quant à la destinée, pessimiste quant à la nature humaine, est optimiste quant à la marche de l'histoire (sa contradiction !). Je dirai moi que, pessimiste quant à la condition humaine, je suis optimiste quant à l'homme.

Comment ne voient-ils pas que jamais n'a été poussé pareil cri de confiance en l'homme ? Je crois au dialogue, à la sincérité. Je crois qu'ils sont la voie d'une révolution psychologique sans égale ; etc., etc...

*

Hegel. « Seule la ville moderne offre à l'esprit le terrain où il peut prendre conscience de lui-même. » Significatif. C'est le temps des grandes villes. On a amputé le monde d'une partie de sa vérité, de ce qui fait sa permanence et son équilibre : la nature, la mer, etc. Il n'y a de conscience que dans les rues !

(Cf. Sartre. Toutes les philosophies modernes de l'histoire, etc.)

*

Révolte. L'effort humain vers la liberté et sa contradiction *habituelle* : la discipline et la liberté meurent de ses propres mains. La révolution doit accepter sa propre violence ou être reniée. Elle ne peut donc se faire dans la pureté : mais dans le sang ou le calcul. Mon effort : démontrer que la logique de la révolte refuse le sang et le calcul. Et que le dialogue poussé à l'absurde donne *une* chance à la pureté. — Par la compassion ? (souffrir ensemble)

*

Peste. « N'exagérons rien, dit Tarrou. Il y a la peste. Il faut se défendre contre elle et c'est ce que nous faisons. Vraiment c'est très peu de chose et en tout cas ça ne prouve rien. »

L'aérodrome est trop loin de la ville pour établir un service régulier. On envoie seulement des paquets parachutés.

Après la mort de Tarrou, réception du télégramme annonçant la mort de Mme Rieux.

La peste suit les chemins de l'année. Elle a son printemps, où elle germe et jaillit, son été et son automne, etc...

*

A Guilloux : « Tout le malheur des hommes vient de ce qu'ils ne prennent pas un langage simple. Si le héros du Malentendu avait dit : « Voilà. C'est moi et je suis votre fils », le dialogue était possible et non plus en porte à faux comme dans la pièce. Il n'y avait plus de tragédie puisque le sommet de toutes les tragédies est dans la surdité des héros. De ce point de vue, c'est Socrate qui a raison, contre Jésus et

Nietzsche. Le progrès et la grandeur vraie est dans le dialogue à hauteur d'homme et non dans l'évangile, monologué et dicté du haut d'une montagne solitaire. Voilà où j'en suis. Ce qui équilibre l'absurde c'est la communauté des hommes en lutte contre lui. Et si nous choisissons de servir cette communauté, nous choisissons de servir le dialogue jusqu'à l'absurde contre toute politique du mensonge ou du silence. C'est comme cela qu'on est libre avec les autres. »

*

Les limites. Ainsi je dirai qu'il y a des mystères qu'il convient d'énumérer et de méditer. Rien de plus.

*

Saint-Just : « Je pense donc que nous devons être exaltés. Cela n'exclut point le sens commun ni la sagesse. »

*

Pour qu'une pensée change le monde, il faut d'abord qu'elle change la vie de celui qui la porte. Il faut qu'elle se change en exemple.

*

A douze ans, elle est prise par un cocher de fiacre. Une fois. Jusqu'à dix-sept ans, elle gardera l'idée d'une sorte de souillure.

Création corrigée. Les deux Juifs de Verdelot sous l'occupation. La terrible hantise de l'arrestation. Elle en devient folle et va le dénoncer. Puis elle vient le lui annoncer. On les trouve pendus tous les deux. La chienne hurlant toute la nuit, comme dans le plus banal des feuilletons.

*

Création corrigée : « On m'avait toujours dit que la première occasion de s'évader devait être immédiatement saisie. Tous les risques valaient mieux que ce qui suivrait. Mais il est plus facile de rester prisonnier et de se laisser aller vers l'horreur que de s'évader. Parce que dans ce dernier cas, il faut prendre l'initiative. Dans le premier cas, ce sont les autres qui la prennent. »

*

Id. « Si vous voulez le savoir, je n'ai jamais cru à la Gestapo. C'est qu'on ne la voyait jamais. Bien sûr, je prenais mes précautions, mais abstraitement, en quelque sorte. De temps en temps, un copain disparaissait. Un autre jour, devant Saint-Germain-des-Prés, j'ai vu deux grands types qui faisaient entrer à coups de poings dans la figure un homme dans un taxi. Et personne ne disait rien. Un garçon de café m'a dit : « Taisez-vous. Ce sont eux. » Cela m'a donné des soupçons qu'en effet ils existaient et qu'un jour... Mais des soupçons seulement. La vérité c'est que je ne pourrais jamais croire à la Gestapo qu'au premier coup de pied que je recevrais dans le ventre. Je suis comme ça. C'est pourquoi il ne faut pas vous faire une trop grande idée de mon courage, parce que je suis dans la résistance, comme on dit. Non, je n'y ai pas de mérite puisque je n'ai pas d'imagination. »

*

Politique de la révolte. « C'est ainsi que la révolution pessimiste devient la révolution du bonheur. »

*

Tragédie. C. L. C. « J'ai raison et c'est ce qui me donne le droit de le tuer. Je ne peux pas m'arrêter à ce détail. Je pense selon le monde et l'histoire. »
L. — Quand le détail est une vie humaine, il est pour moi le monde entier et toute l'histoire.

*

Origines de la folie moderne. C'est le christianisme qui a détourné l'homme du *monde*. Il l'a réduit à lui-même et à son histoire. Le communisme est une suite logique du christianisme. C'est une histoire de chrétiens.
Id. Au bout de deux mille ans de christianisme, la révolte du corps. Il a fallu deux mille ans pour qu'on puisse à nouveau l'exposer nu sur les plages. D'où excès. Et il a retrouvé sa place dans l'usage. Il reste à la lui redonner dans la philosophie et la métaphysique. C'est l'un des sens de la convulsion moderne.

*

Juste critique d'Albert Wild à l'absurde : « *Le sentiment* de l'angoisse est inconciliable avec le *sentiment* de liberté. »

*

Les Grecs faisaient la part du divin. Mais *le divin n'était pas tout.*

*

« Que votre parole soit oui, oui ; non, non ; ce qu'on y ajoute vient du malin. » Matth., V, 37.

*

Koestler. La doctrine extrême : « Quiconque s'oppose à la dictature doit accepter la guerre civile comme moyen. Quiconque recule devant la guerre civile doit abandonner l'opposition et accepter la dictature. » C'est le raisonnement « historique » type.

*

Id. « Il (le Parti) niait le libre arbitre de l'individu — et en même temps exigeait de lui une abnégation volontaire. Il niait qu'il eût la possibilité de choisir entre deux solutions et en même temps il exigeait qu'il choisît constamment la bonne. Il niait qu'il eût la faculté de distinguer entre le bien et le mal — et en même temps il parlait sur un ton pathétique de culpabilité et de traîtrise. L'individu — rouage d'une horloge remontée pour l'éternité et que rien ne pouvait arrêter ni influencer — était placé sous le signe de la fatalité économique et le Parti exigeait que le rouage se révolte contre l'horloge et en change le mouvement. »

Type de la contradiction « historique ».

*

Id. « La plus forte tentation pour des hommes comme nous, c'est de renoncer à la violence, de se repentir, de se mettre en paix avec soi-même. Les tentations de Dieu ont toujours été plus dangereuses pour l'humanité que celles de Satan. »

*

Roman d'amour : Jessica.

*

Mort d'un vieux comédien.

Un matin dans Paris plein de neige et de boue. Le quartier le plus vieux et le plus triste de la ville, celui où on a mis la Santé, Sainte-Anne et Cochin. Au long des rues noires et glacées, les fous, les malades, les pauvres et les condamnés. Quant à Cochin : la caserne de la misère et de la maladie et ses murs suent la sale humidité qui est celle du malheur.

C'est là qu'il est mort. A la fin de sa vie, il jouait encore les utilités (les gens de théâtre ont de ces mots), échangeant son unique costume dont le noir passait au jaune, dont la trame s'effrangeait, contre les travestis plus ou moins rutilants qu'il faut bien donner, quand même, aux seconds rôles. Il a dû suspendre son travail. Il ne pouvait plus boire que du lait et d'ailleurs il n'y avait pas de lait. On l'a mené à Cochin et il a dit à ses camarades qu'on allait l'opérer et qu'ensuite, ce serait fini (je me souviens d'une phrase de son rôle « Lorsque j'étais petit enfant » et sur une indication qu'on lui donnait « Ah ! disait-il, je ne le sens pas ainsi »). On ne l'a pas opéré et on l'a mis dehors en lui disant qu'il était guéri. Il a même repris le petit rôle de grotesque qu'il jouait à ce moment. Mais il avait maigri. C'est une chose qui m'a toujours étonné, combien un certain degré d'amaigrissement, une certaine façon de laisser sortir ses pommettes et se décharner ses gencives sont l'annonce évidente que tout cela va finir. Seul, celui qui maigrit n'a jamais l'air de « se rendre compte ». Ou s'il « se rend compte », c'est fugitivement peut-être, et moi, naturellement, je ne peux pas le savoir. Tout ce que je peux savoir c'est ce que je vois et justement je voyais que Liesse allait mourir.

Il est mort en effet. Il s'est arrêté de nouveau. Il est retourné à Cochin. On ne l'a toujours pas opéré, mais il est mort sans cela — une nuit sans qu'il y paraisse. Et le matin sa femme est venue le voir comme d'habitude. Personne ne l'a prévenue à l'administration parce que personne n'était prévenu. Ce sont les voisins du mort qui ont prévenu sa femme. « Vous savez, ont-ils dit, ça s'est passé cette nuit. »

Et ce matin il est là, dans la petite morgue qui donne rue de la Santé. Deux ou trois de ses vieux camarades sont là avec la veuve et la fille de la veuve qui n'est pas la fille du mort. Quand je suis arrivé, l'ordonnateur (pourquoi avait-il une écharpe tricolore comme un maire ?) m'a dit qu'on pouvait le voir encore. Je n'en avais pas envie, j'avais sur le cœur ce matin lépreux et tenace que je n'arrivais pas à déglutir. Mais j'y suis allé. On ne voyait que sa tête, ce qui servait de linceul était remonté jusqu'au menton. Il avait encore maigri. — Je ne croyais pas que dans son cas on pouvait encore maigrir. Mais il l'a fait cependant et l'on s'apercevait alors de la grosseur de ses os, on comprenait que cette forte tête noueuse était faite pour porter un lourd poids de chair. Faute de chair, les dents sortaient, terribles... Mais vais-je décrire cela. Un mort est un mort, tout le monde le sait, et il faut les laisser s'enterrer ensemble. Quelle pitié, cependant, quelle affreuse pitié !

Les hommes qui étaient à sa tête, les mains sur le rebord de la bière et qui semblaient le présenter au visiteur ont alors démarré. Démarré est le mot, car ces automates gauches et empruntés dans leurs vêtements grossiers se sont soudain jetés à toute allure sur le linceul, le couvercle et un tournevis. En une seconde la planche était rabattue et deux hommes serraient les vis en pesant terriblement sur elles et avec un brutal mouvement de l'avant-bras. « Ah ! semblaient-ils dire, tu n'en sortiras pas ! » Ces vivants-là voulaient avoir la paix, ça se voyait tout de suite. On l'a transporté. Nous l'avons suivi. La veuve et la fille sont montées dans le fourgon en même temps que le mort. Nous nous sommes entassés dans

une voiture qui suivait. Pas une fleur, rien que du noir.
Nous allions au cimetière de Thiais. La veuve trouvait que c'était loin, mais l'administration le lui avait
imposé. Nous sommes sortis par la porte d'Italie.
Jamais le ciel ne m'avait paru si bas sur la banlieue
parisienne. Des morceaux de huttes, des pieux, une
végétation noire et clairsemée sortaient des tas de
neige et de boue. Six kilomètres au milieu de ce
paysage et nous sommes devant les portes monumen-
tales du plus hideux cimetière du monde. Un gardien
au visage congestionné est venu arrêter le convoi à la
porte et il a exigé le bon d'entrée. « Allez », a-t-il dit
une fois en possession de son bien. Nous avons cir-
culé pendant dix bonnes minutes au milieu de tas de
boue et de neige. Et puis nous nous sommes arrêtés
derrière un autre convoi. Nous étions séparés du
champ des morts par un talus de neige. Dans la neige
deux croix étaient plantées de guingois, l'une était
pour Liesse, à ce que j'ai lu, l'autre pour une petite
fille de onze ans. Le convoi qui était devant nous
était celui de la petite fille. Mais la famille était en
train de réintégrer le fourgon. Celui-ci a démarré et
nous avons pu faire quelques mètres encore. Nous
sommes descendus. De grands hommes en bleu
chaussés de bottes d'égoutier ont abandonné les pelles
qu'ils tenaient en contemplant la scène. Ils se sont
avancés et ont commencé à tirer la bière du fourgon.
A ce moment, une sorte de facteur habillé de bleu et
rouge, coiffé d'un képi défoncé, a surgi avec un
bordereau à souche entre les pages duquel était glissé
du papier carbone. Les égoutiers ont alors lu à haute
voix un numéro gravé sur la bière : 3237 C. Le
facteur a suivi les lignes de son bordereau avec la

pointe de son crayon et il a dit « Bon » en pointant
un numéro. A ce moment, on a fait passer la bière.
Nous sommes entrés dans le champ. Nous avons
enfoncé nos pieds dans une glaise huileuse et élas-
tique. Le trou était creusé entre quatre autres fosses
qui l'entouraient de toutes parts. Les égoutiers ont
assez rapidement glissé la boîte. Mais nous étions
tous très loin du trou parce que les tombes nous
empêchaient d'avancer et que l'étroit passage qui les
séparait était encombré d'outils et de terre. Quand la
bière a été au fond, il y a eu un moment de silence.
Tout le monde se regardait. Il n'y avait pas de prêtre,
pas de fleurs, et pas une parole de paix ou de regret
ne s'élevait. Et tous sentaient que le moment devait
être plus solennel — qu'il aurait fallu le marquer, et
personne ne savait de quelle façon. Alors un égoutier
dit : « Si ces messieurs et dames veulent jeter un peu
de terre. » La veuve a fait signe que oui. Il a pris de
la terre sur une pelle, a sorti un grattoir de la poche
et pris un peu de terre sur le grattoir. La veuve a
tendu la main par-dessus un bloc de terre. Elle a pris
le grattoir et a lancé la terre en direction du trou, un
peu au jugé. On a entendu le bruit creux de la caisse.
Mais la fille, elle, a manqué son coup. La terre a volé
par-dessus le trou. Elle a eu un geste qui signifiait
« tant pis ».

La facture : « Et on l'a mis dans la terre glaise
pour un prix exorbitant. »

Vous savez, ici c'est le cimetière des condamnés
à mort.

Laval est un peu plus loin [1].

---

1. Le voyage en Amérique du Nord se situait ici.

＊

Roman. Quand la soupe du soir tardait, c'est que le lendemain était un matin d'exécution.

＊

V. Ocampo va à Buckingham Palace. A l'entrée le garde lui demande où elle va. « Voir la reine. » — « Passez. » Le suisse (?). *Id*. « Passez. » Les appartements de la reine. « Prenez l'ascenseur. » Etc. Elle est reçue sans autre forme de procès.

＊

Nuremberg. 60 000 cadavres sous les décombres. Défense de boire l'eau. Mais on n'a pas envie de s'y baigner non plus. C'est l'eau de la Morgue. Au-dessus de la pourriture le procès.

Sur les abat-jour en peau humaine on aperçoit une très ancienne danseuse tatouée entre les deux mamelles.

*

Révolte. Commencement : « Le seul problème
moral vraiment sérieux c'est le meurtre. Le reste
vient après. Mais de savoir si je puis tuer cet autre
devant moi, ou consentir à ce qu'il soit tué, savoir
que je ne sais rien avant de savoir si je puis donner
la mort, voilà ce qu'il faut apprendre. »

Les gens veulent nous pousser dans *leurs* conséquences. S'ils vous jugent, c'est toujours avec l'arrière-
pensée de leurs principes. Mais moi, cela m'est égal
qu'ils pensent ceci et cela. Ce qui m'importe c'est de
savoir si je puis tuer. Parce que vous êtes arrivé aux
confins où bute toute pensée, les voilà qui se frottent
les mains. « Et maintenant, que va-t-il faire ? » Et
de tenir leur vérité toute prête. Mais je crois que cela
m'est égal d'être dans la contradiction, je n'ai pas
envie d'être un génie philosophique. Je n'ai même
pas envie d'être un génie du tout, ayant déjà bien
assez de mal à être un homme. J'ai envie de trouver
un accord, et, sachant que je ne puis me tuer, savoir
si je puis tuer ou laisser tuer et, le sachant, en tirer
toutes les conséquences même si cela doit me laisser
dans la contradiction.

*

Il paraît qu'il me reste à trouver un humanisme.
Je n'ai rien contre l'humanisme, bien sûr. Je le trouve
court, voilà tout. Et la pensée grecque par exemple
était bien autre chose qu'un humanisme. C'était une
pensée qui faisait sa part à tout.

*

La Terreur ! Et ils oublient déjà.

*

¹ Roman Justice.
1) Enfance pauvre — injustice est naturelle.
   A la première violence (passage à
   tabac) injustice et adolescence révoltée.
2) Politique indigène. Parti (etc.).   Amours
3) Révolution en général. Ne pense pas
   aux principes.
   Guerre et résistance.
4) Epuration. La justice ne peut aller
   avec la violence.
5) Que la vérité ne peut aller sans une vie vraie.
6) Retour à la mère. Prêtre ? « Ce n'est pas la
   peine. » Elle n'avait pas dit que non. Mais que
   ce n'était pas la peine. Il savait qu'elle ne trouvait jamais que c'était la peine de déranger
   quelqu'un pour elle. Et même sa mort...

*

Révolte et Révolution.
   La révolution comme mythe c'est la révolution définitive.

1. Passage rétabli par les éditeurs.

Id. L'historicité laisse sans explication le phéno-
mène de la beauté, c'est-à-dire les rapports avec le
monde (sentiment de la nature) et les êtres en tant
qu'individus (amour). Que penser d'une explication
prétendument absolue qui...

*

Id. Tout l'effort de la pensée allemande a été de
substituer à la notion de nature humaine celle de
situation humaine et donc l'histoire à Dieu et la tragédie moderne à l'équilibre ancien. L'existentialisme
moderne pousse cet effort encore plus loin et introduit
dans l'idée de situation la même incertitude que dans
celle de nature. Il ne reste plus rien qu'un mouvement. Mais comme les Grecs je crois à la nature.

*

Peste. De toute ma vie, jamais un tel sentiment
d'échec. Je ne suis même pas sûr d'arriver jusqu'au
bout. A certaines heures, pourtant...

*

Faire tout sauter. Donner à la révolte la forme du
pamphlet. La révolution et ceux qui ne tueront
jamais. La prédication révoltée. Pas une seule conces-
sion.

*

« Quelle chose insensée, inconcevable, qu'un

auteur ne puisse — en aucune circonstance conce-
vable — être franc avec ses lecteurs. » Melville.

＊

Du point de vue d'un nouveau classicisme, *La
Peste* devrait être la première tentation de mise en
forme d'une passion collective.

＊

Pour *La Peste*. Cf. Préface de De Foë au 3ᵉ volume
de *Robinson* : Sérieuses réflexions devant la vie et les
surprenantes aventures de Robinson Crusoë : « Il
est aussi raisonnable de représenter une espèce d'em-
prisonnement par une autre que de représenter n'importe quelle chose qui existe réellement par quelque
chose qui n'existe pas. Si j'avais adopté la façon ordinaire d'écrire l'histoire privée d'un homme... tout
ce que j'aurais dit ne vous aurait donné aucune diver-
sion... »

＊

La Peste est un *pamphlet*.

＊

Comment apprendre à mourir dans le désert !

✻

Lourmarin [1]. Premier soir après tant d'années. La première étoile au-dessus du Lubéron, l'énorme silence, le cyprès dont l'extrémité frissonne au fond de ma fatigue. Pays solennel et austère — malgré sa beauté bouleversante.

✻

Histoire de l'ancien déporté qui rencontre des prisonniers allemands à Lourmarin. « La première fois qu'il avait été frappé c'est pendant son interrogatoire. Mais normal en quelque sorte parce qu'exceptionnel. C'est au camp lorsque, pour une petite faute de service, il reçut deux lourdes gifles que tout commença. Car alors il comprit aux yeux de celui qui l'avait frappé que c'était là du quotidien, du normal, du naturel... » Il essaie de parler au prisonnier allemand pour s'expliquer de ça. Mais l'autre est *prisonnier,* on ne peut pas lui parler de cela. Pour finir l'autre disparaît, il ne lui aura jamais parlé. A la réflexion, il sent qu'aucun homme n'est jamais assez libre pour pouvoir éclaircir cela. Ils sont tous prisonniers.

Une autre fois, au camp, on s'était amusé à leur faire creuser leur fosse et on ne les avait pas exécutés. Pendant deux bonnes heures ils avaient remué la terre noire, vu les racines, etc., sous un aspect nouveau.

1. Camus était venu à Lourmarin, invité par Henri Bosco, avec quelques amis écrivains.

*

« C'est mourir sans mort et ne rien avancer
Qu'ainsi balancer
Dans le ventre obscur du malheur resserré. »

Agrippa d'Aubigné.

*

Révolte. Ier chap. sur la peine de mort
Id. fin. Ainsi, parti de l'absurde, il n'est pas possible de vivre la révolte sans aboutir en quelque
point que ce soit à une expérience de l'amour qui
reste à définir.

*

Roman. Enfance pauvre. « J'avais honte de ma
pauvreté et de ma famille (Mais ce sont des
monstres!) Et si je puis en parler aujourd'hui avec
simplicité c'est que je n'ai plus honte de cette honte
et que je ne me méprise plus de l'avoir ressentie. Je
n'ai connu cette honte que lorsqu'on m'a mis au
lycée. Auparavant, tout le monde était comme moi
et la pauvreté me paraissait l'air même de ce monde.
Au lycée, je connus la comparaison.

Un enfant n'est rien par lui-même. Ce sont ses
parents qui le représentent. Et on a beaucoup moins
de mérite, étant devenu un homme, à ne pas
connaître ces vilains sentiments. Car on est alors jugé
sur ce qu'on est et l'on va même jusqu'à juger les

vôtres sur ce que vous êtes devenu. Je sais maintenant qu'il m'eût fallu un cœur d'une pureté héroïque
et exceptionnelle pour ne pas souffrir de ces jours où
je lisais sur le visage d'un ami plus fortuné la surprise qu'il cachait mal devant la maison que j'ha-
bitais.

Oui, j'avais mauvais cœur, ce qui est commun. Et
si, jusqu'à l'âge de 25 ans, je n'ai supporté qu'avec
rage et honte le souvenir de ce mauvais cœur, c'est
que je refusais d'être commun. Tandis que je sais
maintenant que je le suis et, ne le trouvant plus ni
bon ni mauvais, je m'intéresse à autre chose...

J'aimais ma mère avec désespoir. Je l'ai toujours
aimée avec désespoir.

*

Idée de résistance au sens métaphysique.

*

Traiter du mal que me fait le monde. Il me fait
dénigrant alors que je ne le suis pas... Cette espèce
d'état second...

*

Machado. « Le bruit du cercueil dans la terre est
une chose tout à fait sérieuse. »

« Seigneur, nous sommes seuls, ma mère et mon
                                                [cœur. »
« Lorsque viendra le jour de mon dernier voyage,

Que partira la nef qui ne revient jamais
Vous me verrez à bord, homme au maigre bagage,
Et presque nu, comme les fils de la mer. »

*

Traduire les Discours de Juan Mairena [1].
Un romancero africain ?

*

Le seul grand esprit chrétien qui ait regardé *en
face* le problème du mal, c'est saint Augustin. Il en
a tiré le terrible « Nemo Bonus ». Depuis, le Christianisme s'est appliqué à donner au problème des solutions provisoires.
Le résultat est là. Car c'est le résultat. Les hommes
y ont mis le temps, mais ils sont aujourd'hui empoi-
sonnés par une intoxication qui date de 2000 ans.
Ils sont excédés du mal ou résignés ce qui revient
au même. Du moins, ils ne peuvent plus supporter
le mensonge sur ce sujet.

*

19 février 1861. Acte de suppression du servage
en Russie. Le premier coup de feu (de Karakazov)
est du 4 avril 1866.
Voir *A qui la faute ?* roman de Herzen (1847)
et id. *Développement des idées révolutionnaires en
Russie* [2].

1. Œuvre en prose d'Antonio Machado.
2. Lectures pour *Les Justes* et *L'Homme révolté*.

*

J'aime mieux les hommes engagés que les littératures engagées. Du courage dans sa vie et du talent dans ses œuvres, ce n'est déjà pas si mal. Et puis l'écrivain est engagé quand il le veut. Son mérite c'est son mouvement. Et si ça doit devenir une loi, un métier ou une terreur, où est le mérite justement ?

Il paraît qu'écrire aujourd'hui un poème sur le printemps serait servir le capitalisme. Je ne suis pas poète, mais je me réjouirais sans arrière-pensée d'une pareille œuvre, si elle était belle. On sert l'homme tout entier ou pas du tout. Et si l'homme a besoin de pain et de justice, et s'il faut faire ce qu'il faut pour satisfaire ce besoin, il a besoin aussi de la beauté pure, qui est le pain de son cœur. Le reste n'est pas sérieux.

Oui, je les souhaiterais moins engagés dans leurs œuvres et un peu plus dans leur vie de tous les jours.

*

L'existentialisme a gardé du hegelianisme son erreur fondamentale qui consiste à réduire l'homme à l'histoire. Mais il n'en a pas gardé la conséquence qui est de refuser en fait toute liberté à l'homme.

*

Octobre 1946. 33 ans dans un mois.

Ma mémoire fuit depuis un an. Incapacité où je

suis de retenir une histoire racontée — de rappeler des pans entiers de passé, qui ont pourtant été vivants. En attendant que ça s'améliore (si ça s'améliore) évident que je dois noter ici de plus en plus de choses, même personnelles, tant pis. Car finalement tout se range pour moi sur le même plan un peu fumeux, l'oubli gagne aussi le cœur. Il n'a plus que des émotions brèves, privées du long retentissement que leur donne la mémoire. La sensibilité des chiens est comme ça.

*

Peste... « Et qu'à chaque fois que j'ai lu une histoire de peste, du fond d'un cœur empoisonné par ses propres révoltes et par les violences des autres un cri clair s'est élevé disant qu'il y avait pourtant dans les hommes plus de choses à admirer que de choses à mépriser. »

... « Et que chacun la porte avec soi, la peste, parce que personne, non personne au monde n'en est intact [1]. Et qu'il faut se surveiller sans arrêt pour ne pas être amené dans une minute de distraction, à respirer dans la figure d'un autre et à lui coller l'infection. Ce qui est naturel, c'est le microbe. Le reste, la santé, l'intégrité, la pureté si vous voulez, c'est un effet de la volonté et d'une volonté qui ne doit jamais s'arrêter. L'honnête homme, celui qui n'infecte personne, c'est celui qui a le moins de distractions possible.

Oui, c'est fatigant d'être un salaud. Mais c'est

---

1. Cf. Tarrou, p. 1423-1424 (Pléiade).

encore plus fatigant de ne pas vouloir être un salaud. C'est pour cela que tout le monde est fatigué puisque tout le monde est un peu salaud. Mais c'est pour cela aussi que quelques-uns connaissent une extrémité de fatigue dont rien ne les délivrera plus que la mort. »

*

Naturellement, ce qui m'intéresse, moi, ce n'est pas tant d'être meilleur, c'est d'être accepté. Et personne n'accepte personne. M'a-t-elle accepté ? Non, c'est bien évident.

*

L'air de bête pauvre qu'ont les gens dans l'antichambre des médecins.

*

Jacques Rigaut. « L'exemple vient d'en haut. Dieu créa l'homme à son image. Quelle tentation pour l'homme de se conformer à cette image. »

« La solution, la réponse, la clef, la vérité, c'est la condamnation à mort. »

« Orgueilleux, de quoi rien pourrait-il avoir peur. »

« Et plus mon désintéressement est grand, plus mon intérêt est authentique. »

« De deux choses l'une. Ne pas parler, ne pas se taire. Suicide. »

« Tant que je n'aurai pas surmonté le goût du plaisir, je serai sensible au vertige du suicide, je le sais bien. »

*

Conversations avec Koestler. La fin ne justifie les
moyens que si l'ordre de grandeur réciproque est
raisonnable. ex : je puis envoyer Saint-Exupéry en
mission mortelle pour sauver un régiment. Mais je
ne puis déporter des millions de personnes et supprimer toute liberté pour un résultat quantitatif équivalent et supputer pour trois ou quatre générations
préalablement sacrifiées.
— Le génie. Il n'y en a pas.
— C'est quand on est reconnu comme talent que
commence la grande misère du créateur (Je n'ai plus
le courage de publier mes livres).

*

Il y a des heures où je ne crois pas pouvoir supporter plus longtemps la contradiction. Quand le ciel
est froid et que rien ne nous soutient dans la nature...
Ah ! mieux vaut mourir peut-être.

*

Suite du précédent. Déchirement où je suis à l'idée
de faire ces articles pour Combat [1].

1. Il s'agit sans doute de « Ni victimes ni Bourreaux », paru
en novembre 1946.

*

Un essai sur le sentiment de la nature — et le plaisir.

*

Art et révolte. Breton a raison. Moi non plus je ne crois pas à la fracture entre le monde et l'homme. Il y a les instants de l'accord avec la nature brute. Mais la nature n'est jamais brute. Mais les paysages fuient et s'oublient. C'est pourquoi il y a des peintres. Et la peinture surréaliste par exemple est *dans son mouvement* l'expression de cette révolte de l'homme contre la Création. Mais son erreur a été de vouloir préserver ou imiter seulement la part miraculeuse de la nature. Le vrai artiste révolté ne nie pas les miracles mais il les dompte.

*

Parain. Que l'essence de la littérature moderne est la palinodie. Les surréalistes devenant marxistes. Rimbaud dévotion. Sartre la morale. Et que le grand problème du temps est le conflit. Condition humaine. Nature humaine.

— Mais s'il y a une nature humaine, d'où vient-elle ?

*

Évident qu'il faudrait que je cesse toute activité

créatrice tant que je ne saurai pas. Ce qui a fait le succès de mes livres, c'est ce qui fait leur mensonge pour moi. En fait, je suis un homme moyen + une exigence. Les valeurs qu'il me faudrait aujourd'hui défendre et illustrer sont des valeurs moyennes. Il y faut un talent si dépouillé que je doute de l'avoir.

*

La fin de la révolte est la pacification des hommes. Toute révolte s'achève et se prolonge dans l'affirmation de la limite humaine — et d'une communauté de tous les hommes, quels qu'ils soient, en deçà de la limite. Humilité et génie.

*

29 octobre. Koestler — Sartre — Malraux — Sperber et moi. Entre Piero della Francesca et Dubuffet.

K. — Nécessité de définir une morale politique minimum. Donc de se débarrasser d'abord d'un certain nombre de faux scrupules (des « fallacies » dit-il) *a*) que ce qu'on dit peut servir des causes qu'on ne peut servir. *b*) Examen de conscience. L'ordre des injustices. « Moi, quand l'interviewer m'a demandé si je haïssais la Russie, j'ai eu quelque chose qui s'est arrêté là, en moi. Et j'ai fait un effort. J'ai dit que je haïssais le régime stalinien autant que je haïssais le régime hitlérien et pour les mêmes raisons. Mais il y a quelque chose qui s'est décroché là. » « Tant d'années de luttes. J'ai menti pour eux... et maintenant comme ce copain qui se frappait la tête contre les murs de ma chambre et qui disait, la figure pleine de sang tournée vers moi : « Il n'y a plus d'espoir, il n'y a plus d'espoir. » — Moyens d'action, etc.

M. — Impossibilité momentanée de toucher le prolétariat. Est-ce que le prolétariat est la plus haute valeur historique ?

C. — L'utopie. Une utopie aujourd'hui leur coûtera moins cher qu'une guerre. Le contraire de l'utopie, c'est la guerre. D'une part. Et d'autre part : « Ne croyez-vous pas que nous sommes tous responsables de l'absence de valeurs. Et que si, nous tous qui venons du nietzschéisme, du nihilisme ou du réalisme historique, nous disions publiquement que nous nous sommes trompés et qu'il y a des valeurs morales et que désormais nous ferons ce qu'il faut pour les fonder [1] et les illustrer, ne croyez-vous pas que ce serait le commencement d'un espoir ? »

S. — « Je ne peux pas tourner mes valeurs morales uniquement contre l'U.R.S.S. Car il est vrai que la déportation de plusieurs millions d'hommes est plus grave que le lynchage d'un nègre. Mais le lynchage d'un nègre est le résultat d'une situation qui dure depuis cent ans et plus et qui représente finalement le malheur d'autant de millions de nègres à travers le temps qu'il y a de millions de Tcherkesses déportés. »

K. — Il faut dire qu'en tant qu'écrivains nous trahissons devant l'histoire si nous ne dénonçons pas ce qui est à dénoncer. La conspiration du silence c'est notre condamnation aux yeux de ceux qui nous suivront.

---

1. Le manuscrit est de lecture difficile. On pourrait lire aussi « garder ».

S. — Oui. Etc., etc.

Et pendant tout ce temps l'impossibilité de définir ce qu'il entre de peur ou de vérité dans ce que chacun dit.

*

Si on croit à la valeur morale, on croit à toute la morale jusques et y compris la morale sexuelle. La réforme est totale.

*

Lire Owen.

*

Écrire l'histoire d'un contemporain guéri de ses déchirements par la seule et longue contemplation d'un paysage.

*

Robert, objecteur de conscience communisant, en 33. Trois ans de prison. A sa sortie, les communistes sont pour la guerre, les pacifistes sont hitlériens. Il ne comprend plus rien à ce monde devenu fou. Il s'engage chez les républicains espagnols et *il fait la guerre*. Il est tué sur le front de Madrid.

*

Qu'est-ce qu'un homme célèbre ? C'est un homme

dont le prénom n'importe pas. Chez tous les autres, le prénom a un sens bien à lui.

*

Pourquoi boit-on ? Parce que dans la boisson tout prend une importance, tout se range suivant une ligne maxima. Conclusion : on boit par impuissance et par condamnation.

*

L'ordre universel ne peut se faire par en haut, c'est-à-dire par une idée, mais par en bas, c'est-à-dire par le fond commun qui...

*

Préparer un livre de textes politiques autour de Brasillach.

*

Guilloux. La seule référence, c'est la douleur. Que le plus grand des coupables garde un rapport avec l'humain.

*

Rencontré Tar. au sortir de l'exposé sur le dialogue. Il a l'air réticent et le même regard d'amitié pourtant qu'il avait lorsque je l'ai fait rentrer dans les groupes de Combat.

— Vous êtes marxiste maintenant ?

— Oui.

— Vous serez donc un meurtrier.

— Je l'ai été déjà.

— Moi aussi. Mais je ne veux plus.

— Et vous avez été mon parrain.

C'était vrai.

— Écoutez, Tar. Voilà le vrai problème : quoi-qu'il arrive, je vous défendrai toujours contre les fusils de l'exécution. Vous, vous serez obligé d'approuver qu'on me fusille. Réfléchissez à cela.

— J'y réfléchirai.

*

Insupportable solitude — à quoi je ne puis croire ni me résigner.

*

Ce qui fait qu'un homme se sent seul, c'est la lâcheté des autres. Faut-il essayer de comprendre aussi cette lâcheté ? Mais c'est au-dessus de mes forces. Et d'autre part, je ne puis être un méprisant.

*

Si tout se réduit vraiment à l'homme et à l'histoire, je demande où est la place : de la nature — de l'amour — de la musique — de l'art.

*

Révolte. Nous ne voulons pas de n'importe quel

héros. Les raisons de l'héroïsme sont plus importantes que l'héroïsme lui-même. La valeur de conséquence est donc antérieure à la valeur d'héroïsme. La liberté nietzschéenne est une exaltation.

*

Création corrigée. Le personnage du terroriste (Ravenel).

*

Relation de l'absurde à la révolte [1]. Si la décision finale est de rejeter le suicide pour soutenir la confrontation, c'est reconnaître implicitement la vie comme seule valeur de fait, celle qui permet la confrontation, qui *est* la confrontation « celle sans quoi rien ». D'où il ressort que pour obéir à cette valeur absolue, qui rejette le suicide rejette également le meurtre. Notre époque est celle qui, ayant poussé le nihilisme à ses conclusions extrêmes, a accepté le suicide. Cela se vérifie dans la facilité avec laquelle elle accepte le meurtre, ou que le meurtre soit justifié. L'homme qui se tue seul préserve encore une valeur qui est la vie des autres. La preuve est qu'il n'utilise *jamais* la liberté et la terrible force que lui donne sa décision de mourir pour régner sur les autres : tout suicide est illogique en quelque endroit. Mais les hommes de la terreur ont poussé les valeurs du suicide jusqu'à leur conséquence extrême qui est le meurtre légitime,

1. Esquisse du chapitre Iᵉʳ de *L'Homme révolté,* tel qu'on le trouve au manuscrit.

c'est-à-dire le suicide collectif. Illustration : l'apocalypse nazie en 1945.

*

Briançon. Janvier 47.

Le soir qui coule sur ces montagnes froides finit par glacer le cœur. Je n'ai jamais supporté cette heure du soir qu'en Provence ou sur les plages de la Méditerranée.

*

G. Orwell. Burmese days. « Beaucoup de gens ne sont à l'aise dans un pays étranger que s'ils en méprisent les habitants. »

« ... le bonheur démesuré qui vient de l'épuisement et du succès et auquel rien d'autre dans la vie — aucune joie du corps ni de l'esprit — n'est digne d'être comparé. »

*

Lire Georges Simmel (*Schopenhauer et Nietzsche*) Commentaire à Nietzsche traduit en anglais par Berneri (tué par les communistes en Espagne au moment de la liquidation des anarchistes). Développe le désir de Dieu chez Nietzsche. « Though this may seem to us fantastic and excessive it reveals under the form of an extreme personalism, a feeling which, in another form, is not very distant from the Christian conception of the inner life. Christianity, in fact, as well as our infinite distance and smallness before

God, there is the idea of becoming equal to him. The mystic of every age and every religion gives rise to this aspiration to become one with God or, more audaciously, to become God. The scholastics talk of deificatio, and for Meister Eckhard man can shed his human form and become God again, as he is by his proper and original nature, or, as Angelus Silesius expressed :

I must find my ultimate end and my beginning
I must find God in me and me in God
And become what he is...

This same passion was felt by Spinoza and Nietzsche : *they could not accept not being God.* »
Nietzsche dit : « Il ne peut y avoir de Dieu puisque, s'il en était un, je ne pourrais pas accepter de ne pas l'être. »

*

Il n'y a qu'une liberté, se mettre en règle avec la mort. Après quoi, tout est possible. Je ne puis te forcer à croire en Dieu. Croire en Dieu, c'est accepter la mort. Quand tu auras accepté la mort, le problème de Dieu sera résolu — et non pas l'inverse.

*

Radici, milicien, engagé à la Waffen S.S., poursuivi pour avoir fait fusiller 28 détenus de la Santé (il a assisté aux quatre fournées de l'exécution), appartenait à la Société protectrice des animaux.

*

Rebatet et Morgan. A droite et à gauche — ou définition universelle du fascisme : N'ayant pas de caractère, ils se sont donné une doctrine.

*

Titre pour le futur : Système (1 500 p.).

*

A mesure que les œuvres humaines ont fini par recouvrir peu à peu les immenses espaces où le monde sommeillait, à tel point que l'idée même de la nature vierge participe aujourd'hui du mythe de l'Eden (il n'y a plus d'îles), peuplant les déserts, lotissant les plages, et raturant jusqu'au ciel à grands traits d'avions, ne laissant plus intactes que ces régions où justement l'homme ne peut vivre, de même, et en même temps (et à cause de) le sentiment de l'histoire a recouvert peu à peu le sentiment de la nature dans le cœur des hommes, retirant au créateur ce qui lui revenait jusque-là pour le redonner à la créature, et tout cela par un mouvement si puissant et irrésistible qu'on peut envisager le jour où la silencieuse création naturelle sera tout entière remplacée par la création humaine, hideuse et fulgurante, retentissante des clameurs révolutionnaires et guerrières, bruissante d'usines et de trains, définitive enfin et triomphante dans la course de l'histoire — ayant achevé sa tâche sur cette terre qui était peut-être de démontrer que tout ce qu'elle pouvait faire de grandiose et d'ahurissant pendant des milliers d'années ne valait pas le parfum fugitif de la rose sauvage, la vallée d'oliviers, le chien favori.

*

1947.

Comme tous les faibles, ses décisions étaient brutales et d'une fermeté déraisonnable.

*

Esthétique de la révolte. La peinture fait un choix. Elle « isole », ce qui est sa façon d'unifier. Le paysage isole dans l'espace ce qui normalement se perd dans la perspective. La peinture de scènes isole dans le temps le geste qui normalement se perd dans un autre geste. Les grands peintres sont ceux qui donnent l'impression que la fixation *vient de se faire* (Piero della Francesca) comme si l'appareil de projection venait de s'arrêter net.

*

Une pièce sur le gouvernement des femmes. Les hommes décident qu'ils ont échoué et qu'ils remettent le gouvernement aux femmes.

Acte I. — Mon Socrate arrive et décide de passer les pouvoirs.

Acte II. — Elles veulent faire comme les hommes — échec.

Acte III. — Bien conseillées par Socrate, elles règnent en femmes.

Acte IV. — Conspiration.

Acte V. — Elles rendent aux hommes.

Font mine de déclarer une guerre. « Avez-vous compris ce que cela signifie pour celui qui reste — et de voir s'en aller à la boucherie tous ceux qu'on aime en ce monde ? »

Nous pouvons partir maintenant. Nous avons fait tout ce qu'on peut espérer faire en ce monde en face de la bêtise humaine. — Et quoi donc ? — Un peu d'éducation.

« Aussi bêtes que nous mais moins méchantes. » Une expérience d'un an.

Si tout va bien on reconduit.

Tout va bien mais on ne reconduit pas. La haine leur manquait.

Ça va recommencer, dit Socrate. Ils préparent tout. Les grandes idées et les vues sur l'histoire. Dans dix ans les charniers.

Écoutez :

Un crieur.

Article I. — Il n'y a plus ni riches ni pauvres.

Article II

— Tu sors encore ?

— Oui, j'ai une réunion.

— J'ai besoin de me distraire, moi — que ma maison soit en ordre...

*

1947.

Vae mihi qui cogitare ausus sum.

✻

Au bout d'une semaine de solitude, sentiment aigu
à nouveau de mon insuffisance pour l'œuvre que j'ai
commencée avec la plus folle des ambitions. Tentation d'y renoncer. Ce long débat avec une vérité
plus forte que moi demandait un cœur plus dépouillé,
une intelligence plus vaste et plus forte. Mais que
faire ? Je mourrais sans cela.

✻

Révolte. Liberté à l'égard de la mort. Il n'y a plus
d'autre liberté possible en face de la liberté du
meurtre que la liberté de mourir c'est-à-dire la suppression de la crainte de la mort et la remise en place
de cet accident dans l'ordre des choses naturelles. S'y
efforcer.

✻

Montaigne. Changement de ton au chap. XX du
liv. Ier. Sur la mort. Étonnantes choses qu'il dit de sa
peur devant la mort.

✻

Roman. — Twinkle [1] : « Quand je suis arrivé,
j'étais épuisé par l'appréhension et la fièvre. Je suis
allé consulter les affiches pour savoir à quelle heure

1. Twinkle ou Zwinkle ?

elle débarquait si par hasard elle n'était point déjà là. Il était 11 heures du soir. Le dernier train de l'ouest arriverait à 2 heures. Je suis sorti le dernier. Elle m'attendait à la sortie, seule au milieu de deux ou trois personnes, avec un chien-loup qu'elle avait recueilli. Elle s'est avancée vers moi. Je l'ai mal embrassée mais j'étais content jusqu'au cœur. Nous sommes sortis. Le ciel de Provence luisait d'étoiles au-dessus des remparts. Elle était là depuis cinq heures de l'après-midi. Elle était déjà venue attendre le train de sept heures et je n'y étais pas. Elle avait peur que je n'arrive pas, car elle avait donné mon nom à l'hôtel et ses papiers ne correspondaient pas. On avait refusé de l'inscrire et elle n'osait plus retourner. Arrivés aux remparts elle se jeta contre moi, au milieu de la foule qui passait et se retournait et elle me serra avec un emportement où il y avait du soulagement, et non de l'amour mais l'espoir de l'amour. Moi, je sentais ma fièvre et j'aurais voulu être fort et beau. A l'hôtel, j'ai rétabli la vérité et tout s'est bien passé. Mais j'ai voulu boire une fine avant de regagner les chambres. Et là dans le bar bien chauffé, où elle me fit boire sans arrêt, je sentis la confiance revenir et la marée de l'abandon m'emplir tout entier. »

*

Il avait la lèvre supérieure coupée sur toute la longueur. Les dents sortaient jusqu'à la gencive. Il semblait ainsi toujours rire. Mais les yeux étaient sérieux.

*

Que vaut l'homme ? Qu'est-ce que l'homme ?
Toute ma vie il me restera, après ce que j'ai vu, une
méfiance et une inquiétude fondamentale à son
égard.

*

Cf. Marc Klein dans *Etudes germaniques*. « Obser-
vations et réflexions sur les camps de concentration
nazis. »

*

Roman création corrigée. « Il lui avait placé la
bêche sur le cou dès qu'il avait été à terre. Et, le pied
sur la bêche, avec le même geste qui brisait les mottes
de terre grasse, il avait enfoncé. »

*

Némésis — déesse de la mesure. Tous ceux qui ont
dépassé la mesure seront impitoyablement détruits.

*

Isocrate : Il n'est rien dans l'univers de plus divin,
de plus auguste, de plus noble que la beauté.
Eschyle, d'Hélène [1] : « Ame sereine comme le calme
des mers, beauté qui ornait la plus riche parure, doux
yeux qui perçaient à l'égal d'un trait, fleur d'amour
fatale aux cœurs. »

1. Cf. *L'Exil d'Hélène*, dans *L'Eté*.

Hélène n'est pas coupable mais victime des dieux. Après la catastrophe elle reprend le cours de sa vie.

*

La Patellière. Ce moment (les toiles de la fin) où les saisons éclatent — où dans tous les coins du tableau des mains mystérieuses tendent leurs fleurs. Une tragédie tranquille.

*

Terrorisme.

La grande pureté du terroriste style Kaliayev, c'est que pour lui le meurtre coïncide avec le suicide (cf. Savinkov : *Souvenirs d'un terroriste*). Une vie est payée par une vie. Le raisonnement est faux, mais respectable. (Une vie ravie ne vaut pas une vie donnée.) Aujourd'hui le meurtre par procuration. Personne ne paye.

1905 Kaliayev : le sacrifice du corps. 1930 : le sacrifice de l'esprit.

*

Panelier, 17 juin 47.

Merveilleuse journée. Une lumière mousseuse, luisante et tendre au-dessus et autour des grands hêtres. Elle semble sécrétée par toutes les branches. Les bouquets de feuilles qui remuent lentement dans cet or bleu comme mille bouches à plusieurs lèvres qui saliveraient à longueur de journée ce jus aérien, blond et sucré — ou encore mille petites bouches à eau de

bronze vert et contournées qui irrigueraient sans
arrêt le ciel d'une eau bleue et resplendissante — ou
encore... mais c'est assez.

*

Qu'il est impossible de *dire* que personne soit absolument coupable et impossible de prononcer par
conséquent de châtiment total.

*

Critique de l'idée d'efficacité — un chapitre.

*

La philosophie allemande a mis un mouvement
dans les choses de la raison et de l'Univers — alors
que les anciens y mettaient une fixité. On ne dépas-
sera la philosophie allemande — et l'on ne sauvera
l'homme — qu'en définissant ce qui est fixe et ce qui
est mobile (et ce dont on ignore s'il est fixe ou
mobile).

*

La fin du mouvement absurde, révolté, etc., la fin
du monde contemporain par conséquent, c'est la
compassion au sens premier, c'est-à-dire pour finir
l'amour et la poésie. Mais cela exige une innocence
que je n'ai plus. Tout ce que je peux faire est de
reconnaître correctement la voie qui y mène et de
laisser venir le temps des innocents. Le voir, du
moins, avant de mourir.

*

Hegel contre la nature. Cf. Grande Logique, 36-40.
Pourquoi la nature est abstraite. — Ce qui est concret,
c'est l'esprit.

C'est la grande aventure de l'intelligence — celle
qui finit par tuer toute chose.

*

A mettre dans les archives de la Peste :

1) Lettres anonymes dénonçant des familles. Le
type d'interrogatoire bureaucratique ;
2) Types d'arrêtés [1].

*

Sans lendemain.

1re série. Absurde : *L'Etranger* — *Le Mythe de
                    Sisyphe* — *Caligula* et *Le Malentendu*.

2e — Révolte : *La Peste* (et annexes) —
        L'homme révolté — Kaliayev.

3e — Le Jugement — Le premier homme.

4e — L'amour déchiré : Le Bûcher — De
        l'Amour — Le Séduisant.

5e — Création corrigée ou Le Système [2] —
        grand roman + grande méditation + pièce
        injouable.

1. On ne trouve rien de tel, ni dans les dossiers de Camus, ni
dans « les Archives de la Peste » telles qu'il les a publiées dans
les *Cahiers de la Pléiade*.
2. Voir ci-dessus, p. 193.

*

25 juin 47.

Tristesse du succès [1]. L'opposition est nécessaire. Si tout m'était plus difficile, comme avant, j'aurais bien plus de droits à dire ce que je dis. Il reste que je puis aider beaucoup de gens — en attendant.

*

Méfiance de la vertu formelle — voilà l'explication de ce monde. Ceux qui ont senti cette méfiance à leur propre égard et qui l'ont étendue à tous les autres, en ont tiré une susceptibilité incessante à l'égard de toute vertu déclarée. De là à suspecter la vertu *en acte* il n'y a qu'un pas. Ils ont donc choisi d'appeler vertu ce qui sert l'avènement de la société qu'ils désirent. Le mobile profond (cette méfiance) est noble. La logique est-elle bonne, c'est la question.

J'ai moi aussi un compte à régler avec cette idée. Tout ce que j'ai jamais pensé ou écrit se rapporte à cette méfiance (c'est le sujet de *L'Etranger*). Du moment que je n'accepte pas la négation pure et simple (nihilisme ou matérialisme historique) de la « conscience vertueuse » comme dit Hegel, j'ai un moyen terme à trouver. Etre dans l'histoire en se référant à des valeurs qui dépassent l'histoire, est-ce possible, légitime ? La valeur d'ignorance ne couvre-t-elle pas elle-même un refuge commode ? Rien n'est pur, rien n'est pur voilà le cri qui a empoisonné ce siècle.

1. Camus a obtenu le Prix des Critiques pour *La Peste*.

La tentation de passer avec ceux qui nient et agissent ! Il y en a qui rentrent en mensonge comme on entre en religion. Et du même mouvement admirable, cela est sûr. Mais qu'est-ce qu'un mouvement ? A quoi, qui, pourquoi jugerons-nous ?

Si la marche de l'histoire est vraiment celle-ci, s'il n'y a pas de libération mais seulement unification, ne suis-je pas de ceux qui freinent l'histoire ? Pas de libération sans unification, disent-ils, et, si cela est vrai, alors nous sommes en arrière. Mais pour être en avant, il faut préférer une hypothèse à peine probable, qui a déjà reçu de terrifiants démentis *historiques,* à ces réalités que sont le malheur, le meurtre et l'exil pour deux ou trois générations. Le choix porte ainsi sur une hypothèse. Il n'est pas prouvé que la libération demande d'abord l'unification. Il n'est pas prouvé non plus qu'elle puisse s'en passer. Mais il n'est pas dit que l'unification doive se faire par la violence — La violence apporte en général le déchirement sous les apparences de l'unité. Il est probable qu'il faille l'unification, la libération, possible que cette unification ait une chance de se faire par la *connaissance* et la prédication. La parole serait alors un acte. Du moins faudrait-il être tout entier dans cette tâche.

Ah ! ce sont les heures du doute. Et qui peut porter à lui seul le doute de tout un monde.

*

Je me connais trop pour croire à la vertu toute pure.

*

Pièce. La Terreur. Un nihiliste. La violence partout. Partout le mensonge.

Détruire, détruire.
Un réaliste. Il faut entrer à l'Okhrana.
Entre les deux, Kaliayev. — Non, Boris, non.

— Je les aime.
— Pourquoi dis-tu cela de façon si terrible ?
— C'est que mon amour est terrible.

Id. Yanek et Dora.
Y. doucement. — Et l'amour?
D. — L'amour, Yanek ? Il n'y a pas d'amour.
Y. — Oh ! Dora, comment dis-tu cela, toi, toi dont je connais le cœur ?
— Il y a trop de sang, voilà, trop de dure violence. Ceux qui aiment trop la justice n'ont pas droit à l'amour. Ils sont tout droits comme je suis, la tête levée, les yeux fixes. Que viendrait faire l'amour dans ce cœur fier ? L'amour courbe doucement les têtes, Yanek, et nous, nous les tranchons.
— Mais nous aimons notre peuple, Dora.
— Oui, nous l'aimons d'un grand amour malheureux. Mais le peuple, nous aime-t-il et sait-il que nous l'aimons ? Le peuple se tait. Quel silence, quel silence...
— Mais c'est cela l'amour, Dora. De tout donner et de tout sacrifier sans espoir de retour.
— Peut-être, Yanek. C'est l'amour pur, éternel. C'est celui qui me brûle, en effet. Mais à certaines

heures, je me demande si l'amour n'est pas autre chose, s'il peut cesser d'être un monologue et s'il n'y a pas une réponse quelquefois. J'imagine cela, vois-tu : les têtes se courbent doucement, le cœur quitte sa fierté, les yeux se plissent et les bras s'ouvrent un peu. Oublier l'atroce misère du monde, Yanek, se laisser aller enfin, une heure, une seule petite heure d'égoïsme, imagines-tu cela ?

— Oui, Dora, cela s'appelle la tendresse.

— Tu devines tout, mon chéri. Cela s'appelle la tendresse. Mais est-ce que tu aimes la justice avec tendresse ?

Yanek se tait.

— Est-ce que tu aimes ton peuple avec cet abandon ou avec la flamme de la vengeance et de la révolte ?

Yanek se tait.

— Tu vois. Et moi, m'aimes-tu avec tendresse, Yanek ?

— Je t'aime plus que tout au monde.

— Plus que la justice ?

— Je ne vous sépare pas, toi, l'Organisation et la justice.

— Je sais. Mais réponds-moi : réponds-moi, je t'en prie Yanek, réponds-moi. M'aimes-tu dans la solitude avec tendresse, avec égoïsme ?

— Oh ! Dora, je meurs d'envie de te dire oui.

— Dis-le, mon chéri, dis-le si tu le penses et si cela est vrai. Dis-le en face de l'Organisation, de la justice, de la misère du monde, et du peuple enchaîné ! Dis-le, je t'en supplie, en face de l'agonie des enfants, des prisons interminables, malgré ceux qu'on pend et ceux qu'on fouette à mort.

Yanek pâlit.

— Tais-toi, Dora. Tais-toi.

— Oh ! Yanek, tu ne l'as pas encore dit.

Un silence.

— Je ne peux pas le dire. Et pourtant mon cœur est plein de toi.

Elle rit comme si elle pleurait.

— Mais c'est très bien, mon chéri. Tu vois, ce n'était pas raisonnable. Moi non plus, je n'aurais pu le dire. Je t'aime du même amour un peu fixe, dans la justice et les prisons. Nous ne sommes pas de ce monde, Yanek. Notre part est le sang et la corde froide.

*

La révolte est l'aboiement du chien fou (Antoine et Cléopâtre).

*

J'ai relu tous ces cahiers — depuis le premier. Ce qui m'a sauté aux yeux : les paysages disparaissent peu à peu. Le cancer moderne me ronge moi aussi.

*

Le problème le plus sérieux qui se pose aux esprits contemporains : le conformisme.

*

Pour Lao-Tseu : Moins on agit, plus on domine.

*

G. habitait avec sa grand-mère, marchande d'articles funéraires à Saint-Brieuc : faisait ses devoirs sur une dalle de tombeau !

*

Cf. Crapouillot : l'Anarchie. Tailhade : Souvenirs du juge d'instruction. Stirner : L'Unique et sa propriété.

*

G. L'ironie n'est pas forcément issue de la méchanceté.
M. A coup sûr, elle ne vient pas de la bonté.
G. Non. Mais peut-être de la douleur, à quoi on ne pense jamais *chez les autres.*

*

Dans Moscou menacée par l'armée blanche, à Lénine qui décidait de mobiliser les condamnés de droit commun :
— Non, pas *avec* ceux-là.
— *Pour* ceux-là, dit Lénine.

*

Pièce Kaliayev : Impossible de tuer un homme en *chair,* on tue l'autocrate. Pas le type qui s'est rasé le matin, etc. etc.

*

Scène : On exécute le provocateur.

*

Le grand problème de la vie, c'est de savoir comment passer entre les hommes [1].

*

X. « Je suis un homme qui ne croit à rien et qui n'aime personne, du moins originellement. Il y a en moi un vide, un désert effrayant... »

*

Marc condamné à mort à la prison de Loos. Refuse qu'on lui enlève ses chaînes pendant la Semaine Sainte pour mieux ressembler à son Sauveur. Autrefois, il tirait les crucifix au revolver sur les routes.

*

Chrétiens heureux. Ils ont gardé la grâce pour eux et nous ont laissé la charité.

1. Au manuscrit, on trouve entre parenthèses : A. F.

*

Grenier. Du bon usage de la liberté. « L'homme moderne ne croit plus qu'il y ait un Dieu auquel obéir (Hébreu et chrétien) ; une société à respecter (Hindou et Chinois) une nature à suivre (grec et romain). »

Id. « Celui qui aime fortement une valeur est par là même ennemi de la liberté. Celui qui aime par-dessus tout la liberté ou bien nie les valeurs ou bien ne s'y attache que temporairement. (Tolérance issue de l'usure des valeurs). »

« Si nous nous arrêtons (sur le chemin du non), ce n'est pas tant pour ménager les autres que pour nous ménager. » (Non pour soi, oui pour les autres !)

*

Pièce.

D. — Ce qu'il y a de triste, Yanek, c'est que tout cela nous vieillit. Plus jamais, plus jamais nous ne serons des enfants. Nous pouvons mourir désormais, nous avons fait le tour de l'homme. (Le meurtre, c'est la limite.)

— Non, Yanek, si la seule solution est la mort, alors nous ne sommes pas dans la bonne voie. La bonne voie est celle qui mène à la vie.

— Nous avons pris sur nous le malheur du monde, c'est un orgueil qui sera châtié.

— Nous sommes passés des amours enfantines à cette maîtresse première et dernière qui est la mort.

Nous sommes allés trop vite. Nous ne sommes pas des hommes.

*

Misère de ce siècle. Il n'y a pas si longtemps, c'étaient les mauvaises actions qui demandaient à être justifiées, aujourd'hui ce sont les bonnes.

*

Roman. « Si je l'aime, je désire qu'elle me connaisse dans ce que j'étais. Car elle croit que cette admirable bienveillance... Mais non, elle est exceptionnelle. »

*

Réaction ? Si c'est faire reculer l'histoire, je n'irai jamais aussi loin qu'eux — jusqu'à Pharaon.

*

De Foe. « J'étais né pour me détruire moi-même. »
Id. « J'ai entendu parler d'un homme qui, pris d'un dégoût extraordinaire pour la conversation insupportable de certains de ses proches... décida brusquement de ne plus parler... (Pièce.)
Marion sur De Foe (p. 139) 29 ans de silence. Sa femme devient folle. Ses enfants partent. Sa fille reste. Fièvre, délire. Il parle. Par la suite, parle sou-

vent, mais peu avec la fille « et très rarement avec quelqu'un d'autre ».

*

Ps. XCI : « Le Seigneur est mon refuge et ma citadelle. Car c'est lui qui te préserve du piège de l'oiseleur, de la peste meurtrière... Tu n'auras à craindre ni les terreurs de la nuit, ni les flèches qui volent le jour, ni la peste qui chemine dans l'ombre, ni l'épidémie qui ravage en plein midi. »

*

La solitude parfaite. Dans l'urinoir d'une grande gare à une heure du matin [1].

*

Un homme (un Français ?), saint homme qui a vécu toute sa vie dans le péché (n'approchant pas la Table Sainte, n'épousant pas la femme avec qui il vivait) parce que ne pouvant souffrir l'idée qu'une seule âme fût damnée, il voulait être damné aussi.

« Il s'agissait de cet amour plus grand que tous : celui de l'homme qui donne son âme pour un ami. »

*

Merleau-Ponty [2]. Apprendre à lire. Il se plaint

1. Cette remarque a été ajoutée à la main sur la première frappe.
2. Il venait de publier *Humanisme et Terreur*. La rupture entre Merleau-Ponty et Camus suivit cette publication. (Cf. *Merleau-Ponty vivant*, de Sartre, p. 313).

d'avoir mal été lu — et compris. C'est le genre de plainte auquel j'aurais incliné autrefois. Maintenant je sais qu'elle est injustifiée. Il n'y a pas de contresens.

Les roués vertueux dans leurs principes. Vrais. Mais pratiquement et pour le moment je préfère un débauché qui ne tue personne à un puritain qui tue tout le monde. Et ce que par-dessus tout je n'ai jamais pu encaisser, c'est un débauché qui veut tuer tout le monde.

M. P. ou le type d'homme contemporain : celui qui compte les coups. Il explique que personne n'a jamais raison et que ce n'est pas si simple (j'espère que ce n'est pas pour moi qu'il se donne la peine de cette démonstration). Mais un peu plus loin il s'écrie que Hitler est un criminel contre lequel toute résistance aura toujours raison. Si personne n'a raison, alors il ne faut pas juger. C'est qu'il faut être *aujourd'hui* contre Hitler. On a compté les coups. On continue.

❋

L'action, désormais, ne nous paraît justifiable que pour des objectifs limités. Ainsi parle l'homme contemporain. Il y a contradiction.

❋

Dwinger [1] (dans un camp de Sibérie). « Si nous étions des animaux, tout serait fini depuis longtemps, mais nous sommes des hommes. »

---

1. Cf. Edwin Erich Dwinger : *Mon Journal de Sibérie* et *Entre les Rouges et les Blancs*. Payot, 1931.

Id. Un lieutenant, pianiste qui vit pour son art. Il fabrique un piano muet avec des planches prises à des caisses. Il joue six à huit heures par jour. Il entend chaque note. A certains passages, son visage s'embellit.

C'est ce que nous ferons, *tous*, à la limite.

Id. Pendant la guerre blanche. Dans un train de l'arrière. D. et un camarade entrent dans un compartiment où se trouve un grand capitaine aux yeux enfiévrés. Devant lui, quelqu'un, allongé sur la banquette, forme recouverte d'un manteau. La nuit vient. La lune éclaire le compartiment. « Ouvrez les yeux, frères. Vous allez voir quelque chose, vous l'avez bien gagné. » Il tire le manteau doucement : une jeune femme nue, d'une beauté si grande et si régulière... « Regardez, dit l'officier. Cela vous donnera de nouvelles forces. Et vous saurez pourquoi nous combattons. Car nous combattons aussi pour la beauté, n'est-ce pas. *Seulement, personne ne le dit.* »

*

De Bataille sur *La Peste*. Sade aussi demandait la suppression de la peine de mort, le meurtre *légitime*. Raison : le meurtrier a des excuses dans les passions de la nature. La loi, non.

*

Étude sur G.[1] : G. comme esprit opposé à Malraux. Et les deux ont conscience de la tentation que figure

1. Sans doute Jean Grenier.

l'autre esprit. Le monde d'aujourd'hui est un dialogue M. G.

*

Pièce. Yanek à un autre qui est le Tueur.

Yanek. — Peut-être. Mais cela nous enlèvera l'amour.

Le T. — Qui dit cela ?

Yanek. — Dora.

Le T. — Dora est une femme et les femmes ne savent pas ce qu'est l'amour... Cette terrible explosion où je vais m'anéantir, c'est l'éclatement même de l'amour.

*

Jours de notre mort [1]. 72 — 125 — 190.
U. C. 15 — 66.

*

Garder à la violence son caractère de *rupture*, de crime — c'est-à-dire ne l'admettre que liée à une responsabilité *personnelle*. Autrement elle est *par ordre*, elle est *dans l'ordre* — ou la loi ou la métaphysique. Elle n'est plus rupture. Elle élude la contradiction. Elle représente paradoxalement un saut dans le confort. *On a rendu la violence confortable.*

1. *Les Jours de notre mort*, de David Rousset. U. C. sans doute *L'Univers concentrationnaire* du même auteur.

＊

L'ami de M. D. qui se rend comme tous les jours dans le petit café de la rue Dauphine où il a ses habitudes — qui s'assoit à la même table pour regarder les mêmes joueurs de belote. Le joueur derrière lequel il se trouve n'a que du carreau. « Dommage, dit l'ami de M. D. que ce ne soit pas sans atout. » Et il meurt subitement.

Id. La vieille spirite qui a perdu son fils à la guerre : « Où que j'aille, j'ai mon fils derrière moi. »

Id. Le vieux gouverneur de colonies qui se tient raide comme un piquet et veut qu'on l'appelle Monsieur le Gouverneur. Il fait des recherches pour établir une correspondance avec le calendrier grégorien. Il ne s'anime que sur un sujet, son âge : « 80 ans ! Jamais un apéritif et voyez ! » Il saute alors plusieurs fois sur place en se donnant des coups de talon dans les fesses.

＊

Palante (S.I.)[1] « L'humanisme est une invasion de l'esprit prêtre sur le terrain du sentiment... C'est la froideur glaciale du règne de l'Esprit. »

＊

On nous reproche de faire des hommes abstraits.

1. G. Palante, philosophe que connurent Louis Guilloux et Jean Grenier. S. I. mis pour : *La Sensibilité Individualiste,* ouvrage de Palante, p. 41, édition Alcan 1909.

Mais c'est que l'homme qui nous sert de modèle est abstrait — d'ignorer l'amour, mais c'est que (l'homme qui nous sert de modèle) est incapable d'amour, etc., etc.

*

Lautréamont : Toute l'eau de la mer ne suffirait pas à laver une tache de sang intellectuelle.

*

Nouvelle ou roman Justice. Torturé, cinq jours debout, sans boire ni manger, avec interdiction de s'appuyer, etc., etc. On vient pour le faire s'évader. Il refuse : il n'en a pas la force. Rester lui demande un moindre effort. Il sera torturé de nouveau et il périra.

*

L'Isle-sur-Sorgue. Grande chambre ouverte sur l'automne. Automnale elle-même avec ses meubles aux arborescences contournées et les feuilles mortes des platanes qui glissent dans la chambre, poussées par le vent sous les fenêtres aux rideaux couverts de fougères brodées.

*

Lorsque R. C. quitte le maquis en mai 44 pour rejoindre l'Afrique du Nord, un avion quitte les Basses-Alpes et survole la Durance dans la nuit. Et il aperçoit alors tout le long des montagnes les feux allumés par ses hommes pour le saluer une dernière fois.

A Calvi il se couche (irruption des rêves). Le matin il se réveille et voit une terrasse jonchée de grands mégots de cigarettes américaines. Au bout de quatre ans de luttes et de dents serrées, les larmes jaillissent, et il pleure, une heure durant, devant les mégots.

*

Le vieux militant communiste qui voit ce qu'il voit et ne s'habitue pas : « Je ne peux pas me guérir de mon cœur. »

*

Bayle : Pensées diverses sur la comète.

« Il ne faut pas juger de la vie d'un homme ni par ce qu'il croit ni par ce qu'il publie dans ses livres. »

*

Le délateur qui tient ses états à jour. Plusieurs encres. Des traits tirés. Les noms écrits à la ronde.

*

Comment faire comprendre qu'un enfant pauvre peut avoir honte sans avoir d'envie.

*

Le vieux mendiant à Eleanor Clark : « Ce n'est

pas qu'on est mauvais homme, mais on perd la lumière. »

*

Sartre ou la nostalgie de l'idylle universelle.

*

Ravachol (interrogatoire) : « Devant ceux qui apportent la vérité, l'évidence, le bonheur de l'humanité, tous les obstacles, tous, doivent disparaître et si, après, il ne restait plus sur la terre que quelques hommes, ceux-là du moins seraient heureux. »
Id. (Déclaration aux Assises) « Quant aux victimes innocentes que j'ai pu atteindre, je le regrette sincèrement. Je le regrette d'autant plus que ma vie a été pleine d'amertume. »
Déposition d'un témoin (Chaumartin) : « Il n'aimait pas la femme et ne buvait que de l'eau, avec un peu de citron. »

*

Vigny (correspondance) : « L'ordre social est toujours mauvais ; de temps en temps, il est seulement supportable. Du mauvais au supportable, la dispute ne vaut pas une goutte de sang. » — Non, le supportable mérite sinon le sang du moins l'effort de toute une vie.
Misanthrope dans le groupe, l'individualiste fait grâce à l'individu.

*

Sainte-Beuve : « J'ai toujours cru que si l'on se mettait une seule minute à dire ce qu'on pense, la société s'écroulerait. »

*

B. Constant (prophète !) : « Pour vivre en repos il faut se donner presque autant de peine que pour gouverner le monde. »

*

Se dévouer pour l'humanité : on désire tenir jusqu'au bout, selon Sainte-Beuve, un rôle applaudi.

*

Stendhal : « Je n'aurai rien fait pour mon bonheur particulier tant que je ne serai pas accoutumé à souffrir d'être mal dans une âme. »

*

Palante dit justement que s'il y a une vérité une et universelle la liberté n'a pas de raison d'être.

*

14 octobre 47. Le temps presse. Seul et toutes forces tendues dans un air sec.

*

17 octobre. Début.

*

C'est comme si pour l'homme il fallait absolument
choisir entre l'avilissement et le châtiment.

*

Aux Enfants-Malades. Petite salle au plafond bas,
toute close, surchauffée — pleine d'odeur de bouillons
gras et de pansements... syncope.

*

Il y a les actions messianiques et les actions réflé-
chies.

*

Tout écrire — comme cela viendra.

*

Nous pouvons tout faire dans la voie du mieux,
tout comprendre et puis tout maîtriser. Mais nous ne
pourrons jamais nous trouver ou nous créer cette
force de l'amour qui nous a été enlevée pour toujours.

*

Peine de mort. On me fait dire que je suis opposé
à toute violence, quelle qu'elle soit [1]. Ce serait aussi
intelligent que de m'opposer à ce que le vent soit
toujours du même côté.

*

Mais personne n'est coupable absolument, on ne
peut donc condamner personne absolument. Personne
n'est coupable absolument 1) aux yeux de la société
2) aux yeux de l'individu. Quelque chose en lui participe de la douleur.
La mort est-elle le châtiment absolu ? Non pour
les chrétiens. Mais ce monde-ci n'est pas chrétien. Les
travaux forcés ne sont-ils pas pires ? (Paulhan). Je
n'en sais rien. Mais la prison laisse une chance de
choisir la mort (à moins que *par paresse* on préfère
que le travail soit fait par les autres). La mort ne
laisse aucune chance de choisir la prison. Enfin Roche-
fort : « Pour demander l'abolition de la peine de
mort, il faut être un buveur de sang. »

*

Génération de vieillards. « Un jeune homme ainsi
lancé dans le monde, riche en dehors mais pauvre en
dedans, s'efforce vainement de remplacer la richesse

1. Cf. *Réponse à Emmanuel d'Astier de La Vigerie. Actuelles*,
p. 184.

intérieure par l'extérieure, il veut tout recevoir *du dehors,* semblable à ces vieillards qui cherchent à puiser de nouvelles forces dans l'haleine des jeunes filles. » (Aphorismes sur la sagesse dans la vie.)

Socrate frappé d'un coup de pied. « Si un âne m'avait frappé irais-je porter plainte ? » (Diogène Laërce, II, 21.)

*

Heine (1848) : « Ce que le monde poursuit et espère maintenant est devenu complètement étranger à mon cœur. »

*

Le courage, selon Schopenhauer, « une simple vertu de sous-lieutenant ».

*

Dans le IVe livre de l'*Emile,* Rousseau préconise l'assassinat (21e note) pour des raisons d'honneur.

« Un soufflet et un démenti reçus et endurés ont des effets civils que nul sage ne peut prévenir et dont nul tribunal ne peut venger l'offensé. L'insuffisance des lois lui rend en cela son indépendance ; il est alors seul magistrat, seul juge entre l'offenseur et lui ; il est seul interprète et ministre de la loi naturelle ; il se doit justice et peut seul se la rendre... Je ne dis pas qu'il doive s'aller battre, c'est une extravagance ; je dis qu'il se doit justice et qu'il en est le seul dispensateur. Sans tant de vains édits contre les duels, si j'étais souverain, je réponds qu'il n'y aurait jamais ni soufflet ni démenti donné dans mes états, et cela *par un moyen fort simple dont les tribunaux ne se mêleront point.* Quoi qu'il en soit, Emile sait en pareil cas la justice qu'il se doit à lui-même et l'exemple qu'il doit à la sûreté des gens d'honneur. Il ne dépend pas de l'homme le plus ferme d'empêcher qu'on ne l'insulte, mais il dépend de lui d'empêcher qu'on ne se vante longtemps de l'avoir insulté. »

*

Pour Schopenhauer : l'existence objective des choses, leur « représentation » est toujours agréable, tandis que l'existence subjective, le vouloir est toujours douleur.

« Toutes les choses sont belles à la vue et affreuses dans leur être d'où l'illusion, si courante et qui me frappe toujours, de l'unité extérieure de la vie des autres. »

*

Schopenhauer. « Avoir gloire et jeunesse à la fois, c'est trop pour un mortel. »

Id. « Dans ce monde, on peut bien trouver l'instruction, mais non pas le bonheur. » Donc « se restreindre rend heureux ».

*

David rompt Jehovah de supplications, son fils étant

malade. Mais dès qu'il est mort, il claque des doigts et n'y pense plus.

*

Voltaire : « On ne réussit dans ce monde qu'à la pointe de l'épée et on meurt les armes à la main. »

*

Petcherine, émigré russe du 19ᵉ, qui se fit moine à l'étranger et qui s'écrie : « Quelle volupté de haïr sa patrie et d'attendre ardemment son anéantissement. »

L'intelligentzia et l'interprétation *totalitaire* du monde.

Les conspirateurs de Petrachevski[1] : idylliques. (Émancipation des serfs sans action révolutionnaire — influence de George Sand.) L'amour du lointain et non du prochain. « Ne trouvant pour moi rien qui soit digne d'attachement, ni parmi les hommes, ni parmi les femmes, je me consacre au service de l'humanité » (Petrachevski). (Sauf Sprechner, modèle de Stavroguine.)

*

Le socialisme individualiste de Bielinski. Contre Hegel pour la personne humaine. Cf. Les lettres à Botkine : « Le destin du sujet, de l'individu, de la

---

1. Lectures pour *Les Justes* et *Les Meurtriers délicats.*

personne, est plus important que le destin du monde entier et que la santé de l'Empereur de Chine, c'est-à-dire de l'Allgemeinheit hégélienne. »

Id. « Je salue votre bonnet de philosophe (à Hegel). Mais avec tout le respect dû à votre philistinisme philosophique, j'ai l'honneur de vous exposer que, s'il m'arrivait de parvenir au degré supérieur de l'échelle du développement, j'exigerais là qu'on me rendît compte de tous les êtres dont les conditions de la vie et de l'histoire ont fait des martyrs, de toutes les victimes du hasard, de la superstition, de l'Inquisition, de Philippe II, etc... Sinon, de ce poste élevé, je me précipiterais en bas la tête la première. Je ne veux pas du bonheur qu'on me dispense, si je ne suis au préalable tranquillisé sur chacun de mes frères par le sang, os de mes os et chair de ma chair... »

« On dit que la discordance est la condition de l'harmonie ; voilà qui peut être très profitable et délicieux pour le mélomane, mais certes beaucoup moins pour celui à qui est échu en partage le rôle de la discordance. »

*

Petrachevski et les idylliques.

Bielinski et le socialisme individualiste.

Dobroliouboff — ascétique, mystique et scrupuleux.

Il perd la foi *devant le mal* (Marcion).

Tchernischevski : « Que faire »

Pissarev. « Une paire de bottes vaut mieux que Shakespeare. »

Herzen — Bakounine — Tolstoï — Dostoïevski.

L'impression de culpabilité chez les intellectuels séparés du peuple. Le « gentilhomme repentant » (du péché social).

*

Netchaiev et le catéchisme révolutionnaire (parti centralisé annonce le bolchevisme).

« Le révolutionnaire est un individu marqué. Il n'a ni intérêts ni affaires ni sentiments personnels, ni liens, rien qui lui soit propre, pas même de nom. Tout en lui est happé en vue d'un seul intérêt exclusif, d'une seule pensée, d'une seule passion : la Révolution. »

Tout ce qui sert la révolution est moral.

Ressemblance avec Dzerjinski, créateur de la Tcheka

Bakounine : « La passion de la destruction est créatrice. »

Id. Trois principes du développement humain :
                                        l'homme animal
                                        la pensée
                                        la révolte.

*

Années 70. Mikhailovski, socialiste individualiste.

« Si le peuple révolutionnaire faisait irruption dans ma chambre avec l'intention de briser le buste de Bielinski et de détruire ma bibliothèque, je lutterais contre lui jusqu'à la dernière goutte de mon sang. »

*

Problème de la transition. La Russie devait-elle passer par le stade de la révolution bourgeoise et capitaliste, comme le voulait la logique de l'histoire ? Sur ce point seul Tkatchev (avec Netchaev et Bakounine) est le prédécesseur de Lénine. Marx et Engels étaient des mencheviks. Ils n'ont eu en vue que la révolution bourgeoise à venir.

Les constantes discussions des premiers marxistes sur la nécessité du développement capitaliste en Russie et leurs dispositions à accueillir ce développement. Tikhomirov, vieux membre du parti de la volonté du peuple, les accuse de se faire « les champions des premières capitalisations ».

*

Prédiction de Lermontov.
Mais déjà jaillissant des immenses charniers
La peste vient hanter les sinistres halliers.
Cf. Berdiaev, p. 107.

*

Le communisme spirituel de Dostoïevski c'est : la responsabilité morale de tous.

*

Berdiaev : « Il ne peut y avoir de dialectique de la matière, la dialectique suppose le Logos et la Pensée ;

une dialectique n'est possible que de la pensée et de l'esprit. Marx transportait les propriétés de l'esprit dans l'empire de la matière. »

Finalement, c'est la volonté du prolétariat qui transforme le monde. Il y a donc *vraiment* dans le marxisme une philosophie existentielle dénonçant le mensonge de l'objectivation et affirmant le triomphe de l'activité humaine.

*

En russe *volia* signifie *également* volonté et liberté.

*

Question au marxisme :

« L'idéologie marxiste est-elle le reflet de l'activité économique comme toutes les autres idéologies, ou bien prétend-elle à découvrir la vérité absolue, indépendante des formes historiques de l'économie et des intérêts économiques. » Autrement dit, est-ce un pragmatisme ou un réalisme absolu ?

Lénine affirme la primauté du politique sur l'économique (en dépit du marxisme).

Lukacs : Le sens révolutionnaire c'est le sens de la totalité. Conception du monde total où la théorie et la pratique sont identifiées.

Sens religieux selon Berdiaev.

*

Ce qui existe en Russie, c'est une liberté collective
«, totale » et non personnelle. Mais qu'est-ce qu'une
liberté totale ? On est libre *de* quelque chose — par
rapport à. Visiblement, la limite c'est la liberté par
rapport à Dieu. On voit alors clairement qu'elle signifie l'asservissement à l'homme.

*

Berdiaev rapproche Pobïedonotsev (procureur du
Saint Synode qui a dirigé l'Empire Russe idéologi-
quement) et Lénine. Tous deux *nihilistes.*

*

Vera Figner : « Accorder les actes et les paroles,
exiger d'autrui l'accord des actes et des paroles... ce
devait être la devise de ma vie. »
Id. « Je trouvais inadmissible la formation d'une
association secrète au sein d'une société déjà secrète. »
Le budget du tsar alimenté dans la proportion de
80 à 90 % par les classes inférieures.

*

Tout membre de la « Volonté du peuple » s'en-
gageait solennellement à consacrer ses forces à la
révolution, à oublier pour elle les liens du sang, les
sympathies personnelles, l'amour et l'amitié...

✱

Pièce *Dora* : Si tu n'aimes rien, cela ne peut pas se terminer bien.

✱

Combien étaient les membres de la « Volonté du peuple » ? 500. L'Empire Russe ? Plus de cent millions.

✱

Sofia Perovskaia montant sur l'échafaud avec ses camarades de combat en embrasse trois (Jeliabov, Kilbatchiche et Mikhailov) mais pas le quatrième, Ryssakov, qui s'était pourtant bien battu, mais qui, pour avoir la vie sauve, avait livré une adresse et causé la perte de trois autres camarades. On pend Ryssakov qui meurt dans la solitude.

C'est Ryssakov qui lança la bombe sur Alexandre II. Intact, le tsar dit : « Grâce à Dieu, tout va bien. » « Nous allons voir si tout va bien », répliqua Ryssakov. Et une deuxième bombe, celle de Grinevitski, abat l'empereur.

✱

Cf. Vera Figner, p. 190 sur la dénonciation.
Id. Maria Kolougnaia. Libérée, on l'accuse d'avoir trahi. Pour se laver, elle tire sur un officier de gendarmerie. Condamnée au bagne. Elle se suicide à

Kara pour protester avec deux camarades contre un
châtiment corporel infligé à un troisième (p. 239).

*

A rappeler aux chrétiens. « La Fraternité chrétienne ». Un appel à « tous ceux qui vénéraient le
saint enseignement du Christ ». « Le gouvernement
existant, toutes ses lois fondées sur le mensonge, l'op-
pression et l'interdiction de la recherche libre de la
vérité, devaient être considérés comme illégitimes,
contraires à la volonté divine et à l'esprit chrétien. »

*

Vera Figner : « Je devais vivre, vivre pour être
jugée. Car le procès couronne l'activité du révolutionnaire. »

*

Un condamné à mort : « Pendant toute ma vie
cependant si courte, je n'ai vu que du mal... Dans
ces conditions et avec une vie pareille, peut-on aimer
quoi que ce soit, *même ce qui est bon* ? »

*

Dans les années 80, un soldat qui a tué un sous-
officier est exécuté. Auparavant, et se tournant selon
la direction, il s'écrie : « Adieu Nord, Adieu Sud...
Est, Ouest. »

*

Personne, autant que moi, n'a été aussi sûr de
conquérir le monde par les voies droites. Et maintenant... Où donc a été la faille, qu'est-ce qui a faibli
tout d'un coup et qui a déterminé le reste...

*

Petit fait : on croit souvent « m'avoir rencontré ».

*

Paris-Alger. L'avion comme un des éléments de la
négation et de l'abstraction modernes. Il n'y a plus de
nature ; la gorge profonde, le vrai relief, le torrent
infranchissable, tout disparaît. Il reste *une épure* —
un plan.

L'homme prend en somme le regard de Dieu. Et il
s'aperçoit alors que Dieu ne peut avoir qu'une vue
abstraite. Ce n'est pas une bonne affaire.

*

La polémique — comme élément de l'abstraction.
Chaque fois que l'on a décidé de considérer un
homme comme ennemi, on le rend abstrait. On l'éloigne. On ne veut plus savoir qu'il a un rire éclatant.
Il est devenu une *silhouette*.

Etc., etc...

✱

Si, pour dépasser le nihilisme, il faut revenir au christianisme, on peut bien suivre alors le mouvement et dépasser le christianisme dans l'hellénisme.

✱

Platon va du non-sens à la raison et de la raison au mythe. Il contient tout.

✱

Matin de gloire sur le port d'Alger. Le paysage, bleu d'outremer, viole les vitres et se répand de tous côtés dans la chambre.

✱

Socrate. « Je n'ai pas de sympathie pour vous. »
— Retour du camp.
Fin du II. Il montre les marques :
« Qu'est cela ?
— Ce sont les marques.
— Quelles marques ?
— Les marques de l'amour des hommes [1]. »

✱

Les reproches parce que mes livres ne mettent pas en relief l'aspect politique. Traduction : ils veulent

1. Cf. *Les Justes*, acte III, p. 356 (Pléiade).

que je mette en scène des partis. Mais moi, je ne mets en scène que des individus, opposés à la machine d'Etat, parce que je sais ce que je dis.

*

Le monde sera plus juste dans la mesure où il sera plus chaste (G. Sorel).

*

Au théâtre : nécessité, pour varier, de charger les constructions syntaxiques.

*

Pièce. Dora ou une autre : « Condamnés, condamnés à être des héros et des saints. Héros par force. Parce que ça ne nous intéresse pas, comprenez-vous, ça ne nous intéresse pas du tout, les sales affaires de ce monde empoisonné et stupide qui colle à nous comme la glu. — Avouez, avouez-le, que ce qui vous intéresse, ce sont les êtres, et leur visage... Et que, prétendant chercher une vérité, vous n'attendez au bout du compte que l'amour. »

*

« Ne pleurez pas. C'est le jour de la justification Quelque chose s'élève à cette heure qui est notre témoignage, à nous autres révoltés. »

*

Roman. L'homme qui est pris par la police politique parce qu'il a eu la flemme de s'occuper du passeport. Il le savait. Il ne l'a pas fait, etc...

*

« J'avais tous les luxes. Me voici esclave à jamais... etc. »

*

Rousset. Ce qui me ferme la bouche, c'est que je n'ai pas été déporté. Mais je sais quel cri j'étouffe en disant ceci.

*

C'est le christianisme qui explique le bolchevisme. Gardons l'équilibre pour ne pas devenir assassins.

*

Littérature contemporaine. Plus facile de choquer que de convaincre.

*

R. C. Dans le train d'occupation, le jour se lève. Les Allemands. Une femme laisse tomber une pièce d'or. C. la couvre du pied et la lui rend. La femme :

merci. Elle offre une cigarette. Il accepte. Elle en offre aux Allemands. R. C. : « Toute réflexion faite, Madame, je vous rends votre cigarette. » Un Allemand le regarde. Tunnel. Une main serre la sienne. « Je suis polonais. » Au sortir du tunnel, R. C. regarde l'Allemand. Il a les yeux pleins de larmes. A la gare, l'Allemand, en sortant, se tourne vers lui et cligne de l'œil. C. répond et sourit. « Salauds », leur dit un Français qui a surpris la scène.

*

Forme et révolte. Donner une forme à ce qui n'en a pas, c'est le but de toute œuvre. Il n'y a donc pas seulement création, mais correction (voir plus haut). D'où importance de la *forme*. D'où nécessité d'un style pour chaque sujet non tout à fait différent parce que la langue de l'auteur est à lui. Mais justement elle fera éclater non pas *l'unité* de tel ou tel livre mais celle de l'œuvre tout entière.

*

Il n'y a pas de justice, il n'y a que des limites.

*

L'anarchiste tolstoïen en temps d'occupation. Il a écrit sur sa porte : « D'où que vous veniez, vous êtes les bienvenus. » Ce sont les miliciens qui entrent.

*

Dictionnaire. *Umanité* : s'écrit et s'exécute généralement avec une *h*. Mais ici on est contre... Sens dérivé : *prétexte.* Synonymes : Paillasse — Marchepied — Gargarisme — Terminus. *Palinodie :* Exercice de haute littérature qui consiste à hisser le drapeau après avoir craché dessus, à revenir à la morale par les chemins de la partouze et à chausser de pantoufles les anciens pirates. On commence par jouer les casseurs et on finit par la Légion d'honneur. *Hist.* : 80 % des auteurs du xxᵉ siècle si seulement ils pouvaient ne pas signer écriraient et salueraient le nom de Dieu. *Sciences naturelles :* Procédé de transformation par lequel le raifractère à rayures devient le mètre d'autel d'espèce commune.

*

Tragédie. On le *soupçonne* de trahison. Ce soupçon suffit pour l'obliger à se faire tuer. C'est la seule démonstration possible.

*

Leysin. Neige et nuages dans la vallée jusqu'aux sommets. Au-dessus de cette mer immobile et ouatée, les choucas comme des mouettes noires font leur vol d'ensemble, recevant sur leurs ailes les embruns de la neige.

＊

Tolstoï : « Un fort vent d'ouest soulevait en colonnes la poussière des routes et des champs, penchait les sommets des hauts tilleuls et des bouleaux du jardin, et emmenait au loin les feuilles jaunes qui tombaient » (*Enfance*).

Id. « S'il m'était donné encore dans les heures douloureuses de la vie, de revoir ce sourire (de sa mère) ne fût-ce qu'un instant, je ne connaîtrais pas la douleur. »

＊

Je me suis retiré du monde non parce que j'y avais des ennemis, mais parce que j'y avais des amis. Non parce qu'ils me desservaient comme à l'ordinaire, mais parce qu'ils me croyaient meilleur que je ne suis. C'est un mensonge que je n'ai pu supporter.

＊

Une vertu extrême qui consiste à tuer ses passions. Une vertu plus profonde qui consiste à les équilibrer.

＊

Tout ce qui vaut aujourd'hui dans l'esprit contemporain est installé dans l'irrationnel. Et pourtant tout ce qui prévaut dans la politique professe, tue et régit au nom de la Raison.

*

La paix serait d'aimer en silence. Mais il y a la
conscience, et la personne ; il faut parler. Aimer
devient l'enfer.

*

L'acteur P. B., paresseux et croyant, écoute la messe
de son lit, à la radio. Il n'a pas besoin de se lever. Il
est en règle.

*

Ludmilla Pitoeff : « Le public me gêne, plutôt.
Quand il n'est pas là, c'est parfait. » Parlant de
G. P. : « Il n'a jamais cessé de me surprendre. »

*

Selon les Égyptiens, le juste doit pouvoir dire après
sa mort : « Je n'ai causé de peine à personne. » Sinon
c'est le châtiment.

*

La conclusion est que l'histoire ne peut trouver ses
fins que par le moyen d'un écrasement des conquêtes
spirituelles. Nous en sommes réduits...

*

Pour les chrétiens, la Révélation est au début de l'histoire. Pour les marxistes, elle est à la fin. Deux religions.

*

Petite baie avant Tenès, au pied des chaînes montagneuses. Demi-cercle parfait. Dans le soir tombant, une plénitude angoissée plane sur les eaux silencieuses. On comprend alors que, si les Grecs ont formé l'idée du désespoir et de la tragédie, c'est toujours *à travers* la beauté et ce qu'elle a d'oppressant. C'est une tragédie qui culmine. Au lieu que l'esprit moderne a fait son désespoir à partir de la laideur et du médiocre.

Ce que Char veut dire sans doute. Pour les Grecs, la beauté est au départ. Pour un Européen, elle est un but, rarement atteint. Je ne suis pas moderne.

*

Vérité de ce siècle : A force de vivre de grandes expériences, on devient un menteur. En finir avec tout le reste et dire ce que j'ai de plus profond.

CAHIER N° VI

avril 1948
mars 1951

A la fin du xixᵉ siècle, Antoine Orly, notaire à Périgueux, quitta brusquement sa ville pour gagner la Patagonie où il s'installa. Il sut plaire aux Indiens du pays et par les seules voies de la sympathie se fit nommer, au bout de quelques années, empereur d'Araucanie. Il fit battre monnaie, émit des timbres-poste, exerça enfin les prérogatives d'un souverain légitime. Si bien que le gouvernement du Chili, dont ces terres éloignées dépendaient, le traduisit devant une cour de justice qui le condamna à mort. Sa peine fut commuée en dix années de prison.

Libéré après dix années, il retourne en Patagonie où ses sujets l'accueillent à nouveau comme leur empereur et il consent encore à recevoir ce titre. Mais se sentant vieillir, il pense à un successeur et fait legs du trône d'Araucanie à son fils Orly Louis qui sous le nom de Louis Iᵉʳ deviendrait empereur. Mais Orly Louis refuse. Antoine abdique alors en faveur de son neveu Achille Orly, de Périgueux, et meurt honoré par ses sujets. Mais Achille Iᵉʳ ne songe pas à rejoindre ses sujets. Il se rend à Paris, prend pied dans le monde, y mène grande vie, recevant en Empereur. Ses ressources proviennent de la distribution qu'il fait, contre argent, de postes de consul d'Araucanie. Ses besoins ayant augmenté, il organise aussi des quêtes pour l'extension de la religion chrétienne par la construction d'églises et de cathédrales. Il reçoit ainsi beaucoup d'argent et à ce point que la Compagnie de Jésus s'émeut et en appelle au Pape. On constate alors qu'aucune église n'est en construction en Patagonie et Achille Ier comparaît devant des tribunaux qui le condamnent. Ruiné, l'empereur achève sa vie à Montparnasse, fréquentant le même cabaret où l'on croit que la reine Ranavalo lui rendit visite.

*

Tout sacrifice est messianique. Prouver que le sacrifice peut s'imaginer à la hauteur d'une pensée réfléchie (c'est-à-dire non messianique). La tragédie de l'équilibre.

*

Art moderne. Ils retrouvent l'objet parce qu'ils ignorent la nature. Ils refont la nature, et il le faut bien puisqu'ils l'ont oubliée. *Quand ce travail sera refait,* les grandes années commenceront.

*

« Sans une liberté illimitée de presse, sans une liberté absolue de réunion et d'association, la domination de larges masses populaires est inconcevable » (Rosa Luxembourg, *La Révolution russe*).

*

Salvador de Madariaga : « L'Europe ne reprendra ses sens que lorsque le mot révolution évoquera de la honte et non de l'orgueil. Un pays qui se vante de sa glorieuse révolution est aussi vain et absurde qu'un homme qui se vanterait de sa glorieuse appendicite. » Vrai dans un sens. Mais à discuter.

*

Stendhal (Lettre à di Fiore, 34) : « Mais mon âme à moi est un feu qui souffre s'il ne flambe pas. »
Id. « Tout romancier doit tâcher de faire croire à la *passion brûlante* mais ne jamais la nommer : cela est contre la pudeur » (Lettre à Mme Gaulthier, 34).
Id. Contre Gœthe. « Gœthe a donné le diable pour ami au docteur Faust et, avec un si puissant auxiliaire, Faust fait ce que nous avons tous fait à vingt ans, il séduit une modiste. »

*

Londres. Je me souviens de Londres comme d'une ville de jardins où les oiseaux me réveillaient le matin. Londres est le contraire, et pourtant ma mémoire est juste. Les voitures de fleurs dans les rues. Les docks, prodigieux.
N. Gallery. Merveilleux Piero et Velasquez.
Oxford. Le haras bien peigné. Silence d'Oxford. Que viendrait y faire le monde ?

*

Petit matin sur la côte d'Écosse. Édimbourg : des cygnes sur les canaux. La ville autour d'une fausse acropole, mystérieuse et embrumée. L'Athènes du Nord n'a pas le nord. Chinois et Malais dans la Princess Street. C'est un port.

*

Selon Simone Weil, les pensées qui se rapportent à la spiritualité du travail, ou à son pressentiment, éparses chez Rousseau, Sand, Tolstoï, Marx, Proudhon, sont les seules pensées originales de notre temps, les seules que nous n'ayons pas empruntées aux Grecs.

*

L'Allemagne : Le malheur qui a mordu trop profondément suscite une disposition au malheur qui contraint à y précipiter soi-même et autrui.

*

Selon Richelieu, et toutes choses égales d'ailleurs, les rebelles sont toujours moitié moins forts que les défenseurs du système officiel. A cause de la mauvaise conscience.

*

Le Père de Foucauld, témoin du Christ chez les Touareg, trouvait normal de fournir au 2ᵉ Bureau

Français des renseignements sur l'*état d'esprit* de ces mêmes Touareg.

*

S. W. Contradiction entre la science et l'humanisme. Non. Entre l'esprit scientifique dit moderne et l'humanisme. — Car le déterminisme et la force nient l'homme.

« Si la justice est ineffaçable au cœur de l'homme, elle a une réalité en ce monde. C'est la science alors qui a tort. »

*

S. W. : Ce sont les Romains qui ont dégradé le stoïcisme en y remplaçant l'amour viril par l'orgueil.

*

G. Greene : « Dans une vie heureuse, la déception finale que nous cause la nature humaine coïncide avec la mort. De nos jours, les gens doivent se débrouiller pour vivre toute une vie ayant connu cette déception »... « Ceci est une époque où l'on en sait trop avant d'être majeur. »

Id. Le dévouement... « Quel monde où de telles qualités se perdent ! »

Id. « Il (l'agent secret) promit imprudemment comme si, dans un monde de violence, on pouvait promettre quoi que ce fût au-delà du moment où l'on parle. »

Id. « Celui qui ne croit pas en Dieu, si les gens

ne sont pas traités selon leurs mérites, le monde n'est pour lui que chaos, il est acculé au désespoir. »

*

L'écrivain condamné à la *compréhension*. Il ne peut être un tueur.

*

Goût de la prison chez ceux qui luttent. Pour être délivrés de leurs fidélités.

*

Épigraphe au Bûcher [1].

« Les hommes affligés d'une profonde tristesse se trahissent lorsqu'ils sont heureux : ils ont une façon de saisir le bonheur comme s'ils voulaient l'étreindre et l'étouffer par jalousie... »

*

Juillet 48. — Côme :
« Que ferons-nous d'un ciel privé de notre amour
   Nous restons seuls devant l'horreur de nos vrais jours. »

*

Pièce. L'orgueil. L'orgueil naît au milieu des terres.

1. Projet de nouvelle, qu'on retrouve plusieurs fois par la suite.

*

La funèbre Provence.

*

La responsabilité envers l'histoire dispense de la responsabilité envers les êtres humains. C'est là son confort.

*

Les étoiles scintillent au même rythme que grésillent les cigales. Musique de sphères.

*

Ami de C. « Nous mourons à quarante ans d'une balle que nous nous sommes tirée dans le cœur à vingt. »

*

Nous vivons trop longtemps.

*

Dans le *Criton*, le dialogue des Lois et de Socrate est à rapprocher des procès de Moscou.

*

Les papillons couleur de roche.

Le vent qui court dans la combe fait un bruit d'eaux fraîches et tumultueuses.

La Sorgue parée de traînes fleuries.

*

Folie de vertu qui secoue ce siècle. Tournant le dos au scepticisme qui est en partie humilité, l'humanité se raidit pour trouver une vérité. Elle se détendra lorsque la société aura retrouvé une erreur qui sera vivable.

*

Les artistes veulent être des saints non des artistes. Je ne suis pas un saint. Nous voulons le consentement universel et nous ne l'aurons pas. Alors ?

*

Titre pièce. L'Inquisition à Cadix [1]. Épigraphe : « L'Inquisition et la Société sont les deux fléaux de la vérité. » Pascal.

*

Déchirement d'avoir accru l'injustice en croyant servir la justice. Le reconnaître du moins et découvrir alors ce déchirement plus grand : reconnaître que la justice totale n'existe pas. Au bout de la plus terrible révolte, reconnaître que l'on n'est rien, voilà la douleur.

1. Premier titre pour *L'État de siège*.

*

La chance de ma vie, c'est que je n'ai rencontré, aimé (et déçu) que des êtres exceptionnels. J'ai connu la vertu, la dignité, le naturel, la noblesse, chez *les autres*. Admirable spectacle — et douloureux.

*

Gobineau. Nous ne descendons pas du singe, mais nous le rejoignons à toute allure.

*

C'est le plaisir de vivre qui disperse, supprime la concentration, arrête tout élan vers la grandeur. Mais sans plaisir de vivre... Non, la solution n'existe pas. A moins qu'elle soit de faire d'un grand amour une racine et d'y trouver la source de vie sans y être puni de dispersion.

*

1er septembre 1948.

« Je suis près d'avoir mené à leur terme la série d'ouvrages que j'avais le propos d'écrire voici dix ans. Ils m'ont mis au point de savoir mon métier. Maintenant que je sais que ma main ne tremblera pas, je vais pouvoir laisser aller ma folie. » Ainsi parlait celui qui savait ce qu'il faisait. Au bout du compte, le bûcher.

*

Un homme conscient, dit Dostoïevski, peut-il se
respecter tant soit peu ?

*

D. : « Et puis s'il arrive que l'avantage humain,
parfois, non seulement puisse mais même doive justement consister à désirer un préjudice et non un avantage. »

*

« Nous ne vivons vraiment que quelques heures de
notre vie... »

*

Nuit sur le sommet du Vaucluse. La voie lactée
descend jusque dans les nids de lumières de la vallée.
Tout se confond. Il y a des villages dans le ciel et des
constellations dans la montagne.

*

Il faut rencontrer l'amour avant d'avoir rencontré
la morale. Ou sinon, le déchirement.

*

Il n'y a pas une chose qu'on fasse pour un être

(qu'on fasse vraiment) qui n'en nie un autre. Et quand on ne peut se résigner à nier les êtres, c'est une loi qui stérilise à jamais. A la limite, aimer un être, c'est tuer tous les autres.

*

J'ai choisi la création pour échapper au crime. Et leur respect! Il y a malentendu.

*

X. — Vous prenez du café le soir ?
— En général, jamais.

— 10 doses de sulfamides par jour.
— 10 ? N'est-ce pas beaucoup.
— C'est à prendre ou à laisser.

*

André B. et sa tante qui lui a donné une écharpe, trop lourde et trop voyante. Comme elle vérifie tous les matins s'il la porte bien pour sortir, il va lui dire au revoir en manches de chemise puis enfile rapidement sa veste et son pardessus dans l'entrée, avant de sortir.

*

On commence par créer dans la solitude et l'on croit que c'est difficile. Mais on écrit et crée ensuite dans la compagnie. On sait alors que l'entreprise est insensée et que le bonheur était au début.

. . . .

*

Fin du roman. — « L'homme est un animal religieux », dit-il. Et sur la terre cruelle tombait une pluie inexorable.

*

Création corrigée : Il est le seul représentant de cette religion vieille comme l'homme et il est pourchassé partout.

*

J'ai essayé de toutes mes forces, connaissant mes faiblesses, d'être un homme de morale. La morale tue.

*

L'enfer est une faveur spéciale qu'on réserve à ceux qui l'ont beaucoup demandée.

*

Il ne faut juger un homme ni à ce qu'il dit, ni à ce qu'il écrit, selon Beyle. J'ajoute : ni à ce qu'il fait.

*

Les mauvaises réputations sont plus faciles à supporter que les bonnes car les bonnes sont lourdes à
traîner, il faut s'y montrer égal et toute défaillance
vous est tenue à crime. Dans les mauvaises, la défaillance vous est comptée à grâce [1].

*

Dîner Gide. Lettres de jeunes auteurs qui de-
mandent s'il faut continuer. Gide répond : « Comment ? Vous pouvez vous retenir d'écrire et vous
hésitez ? »

*

On commence par n'aimer personne. Puis on aime
tous les hommes en général. On n'en aime plus
ensuite que quelques-uns, puis une seule et puis le
seul.

*

Alger après 10 ans. Les visages que je reconnais,
après hésitation, et qui ont vieilli. C'est la soirée des
Guermantes. Mais à l'échelle d'une ville où je me
perds. Il n'y a pas de retour sur moi-même. Je suis

1. Passage omis à la première frappe et rétabli d'après le
manuscrit.

avec cette foule immense qui marche sans répit vers un trou où tous tomberont les uns par-dessus les autres, poussés par une nouvelle foule, derrière eux, qui, elle-même...

*

De l'avion en pleine nuit, les lumières des Baléares, comme des fleurs dans la mer.

*

M. « Quand j'ai un air de bonheur, ils sont déçus. Ils m'interrogent, ils voudraient me faire avouer que c'est faux, me tirer à eux, me ramener dans leur monde. Ils ont l'impression d'être trahis. »

*

Vivre, c'est vérifier.

*

Grenier. Le non-faire est l'acceptation de l'avenir — mais avec la désolation devant le passé. C'est une philosophie de mort.

*

Discours sur *Don Juan* ou *La Chartreuse de Parme*. Et la continuelle revendication de la littérature française qui est de maintenir l'élasticité et la résistance de l'esprit individuel.

*

Alexandre Blok.

« O si vous saviez enfants
Les ténèbres et le froid des jours à venir. »

et encore :

« Comme il est pénible de marcher parmi les
                                        [hommes,
Faire semblant d'exister encore. »

et encore :

« Nous sommes tous malheureux. Notre patrie
nous a préparé un terrain pour les colères et les que-
relles. Nous vivons chacun derrière un mur de Chine
en nous méprisant mutuellement. Nos seuls vrais
ennemis, ce sont les popes, la vodka, la couronne, les
gendarmes, cachant leurs visages et nous excitant les
uns contre les autres. Je m'efforcerai d'oublier... tout
ce bourbier pour devenir un homme et non une
machine à couver la haine...
. Je n'aime que l'art, les enfants et la mort. »

Id. Devant l'ignorance et l'épuisement des pauvres
gens :

« Mon sang se glace de honte et de désespoir. Tout
n'est que vide, méchanceté, aveuglement, misère.
Seule une compassion totale peut amener un changement... Je réagis ainsi parce que ma conscience n'est
pas tranquille... Je sais ce que je dois faire : donner
tout mon argent, demander pardon à tout le monde,

distribuer mes biens, mes vêtements... Mais je ne
peux pas... je ne veux pas... »
« O ma chère, ma bien-aimée racaille ! »

« Ce qui est aux confins de l'art ne peut être
aimé » et cependant : « Nous mourons tous, mais
l'art reste. »

*

Prokosch. *Sept fugitifs.* « Tous le haïssaient mais
tous enviaient son étincelant sourire et il soupçonnait
fortement que le bien le plus précieux aux yeux de la
plupart des hommes, ce qu'au fond de leur cœur
ils désirent le plus passionnément, c'est l'inaccessible
et fugitif éclat de la beauté. »

« Des guetteurs : les rocs ; au-dessous l'énorme
plateau et au-dessus, les étoiles. Rien que de fort ;
et ce qu'ils refusaient d'admettre en ces lieux, ces
éternels guetteurs, c'était la faiblesse, c'est-à-dire l'impureté et la fragilité de l'esprit. »

« ... ceux qui ont perdu, quelque part, dans les
ardeurs de l'enfance et de la jeunesse, tout pouvoir
d'aimer. »

Admirable p. 106.

« ... sa mère — la seule créature pour laquelle il
eût jamais ressenti ce qu'on pourrait appeler, non pas
amour peut-être, mais une espèce de loyauté du
cœur. »

« Le monde ! Ils parlent de guerre et d'argent, de famine, d'injustice et le reste. Mais la réalité est bien plus grande, plus profonde, plus terrible que cela, et de beaucoup ! Voulez-vous savoir ce que c'est ? C'est ceci : l'amour de la mort. »

« Je prédis un grand feu... Tout sera consumé. Tout. Excepté ceux qui seront purifiés et auront gagné l'éternité par le feu de l'esprit. Par l'amour.
— Quelle espèce d'amour ?
— Par l'amour qui détruit ! L'amour sans apaisement ni fin. »

*

Une nouvelle qui se passera un jour de brouillard jaune.

*

C'est par le refus d'une partie de ce monde que ce monde est vivable ? Contre l'Amor fati. L'homme est le seul animal qui refuse d'être ce qu'il est.

*

« Ah ! je me tuerais bien si je ne savais que la mort elle-même n'est pas un repos et que dans la tombe aussi nous attend une terrible angoisse[1]. »

---

1. Au manuscrit, cette phrase est entre guillemets. Ils ont été supprimés, ou plutôt oubliés, sur la première frappe.

＊

Le procureur entre dans la cellule du condamné.
Celui-ci est jeune. Il sourit. On lui demande s'il veut
écrire. Oui dit-il. Et il écrit « jour de victoire ! » Il
sourit toujours. Le procureur lui demande s'il ne
désire rien. Oui, dit le jeune homme. Et il le gifle à
toute volée. On se précipite. Le procureur hésite.
Toute une haine vieille comme le monde reflue. Mais
il est immobile, une idée montant lentement en lui.
On ne peut rien lui faire. L'autre sourit et le regarde.
Non, dit-il joyeusement, il n'y a rien à faire. Le procureur chez sa femme. Mais dit celle-ci, qu'as-tu fait.
Ne lui as-tu pas...
— Quoi ?
— C'est vrai. Il n'y a rien à faire.
De procès en procès, le procureur sert la ligne avec
haine. Devant chaque inculpé, il attend le fléchisse-
ment. Mais rien. Ils sont d'accord.
Puis il juge avec trop de haine. Il dévie. Il devient
hérétique. On le condamne. Alors un flot revient.
Ceci est la liberté. Il giflera le procureur. Même
scène. Mais il ne sourit pas et le visage de l'autre
est devant lui. « Ne désirez-vous pas... »
Il regarde le procureur : « Non, dit-il. Allons. »

＊

La limite du raisonnement révolté : accepter de
tuer soi-même pour refuser la complicité avec le
meurtre en général.

*

Les devoirs de l'amitié aident à supporter les plaisirs de la société.

*

Bûcher. « Ce qui me frappait dans cette 2ᵉ période est à quel point elle m'était restée inconnue dans la première alors qu'elle avait rempli et coloré ma vie pour toujours. »

*

Id. « Je l'imaginais. Je connaissais ces matins où l'image de l'être rencontré la veille et des délices un peu brumeuses que nous avons trouvées dans les premières effusions devient claire tout d'un coup et où l'ivresse un peu hagarde de la veille devient une joie solaire, celle de la plus pure des conquêtes. »

*

Char. Calme bloc ici-bas chu d'un désastre obscur.

*

J'ai deux ou trois passions qu'on peut juger coupables, que j'estime telles et dont j'essaie de me guérir par l'exercice de la volonté. J'y réussis parfois.

*

Max Jacob : « On fabrique une expérience précoce
avec une forte mémoire. » Cultiver sa mémoire, toute
affaire cessante.

— La brièveté et la dureté sont les effets de la
paresse.

— Ne méprisez ni les petites gens, *ni les grandes*
(pour moi).

*

Roman. Retour du camp. Il arrive, il a un peu
récupéré, il est essoufflé, mais précis. « Une fois
pour toutes, je vais satisfaire votre curiosité. Mais
après, je désire qu'on ne me questionne plus. » Suit
un exposé froid.

Ex. J'en suis sorti.

Les mots sortaient, durs, sans bavures. Il n'y
avait plus de nuances.

Je voudrais fumer.

Première bouffée. Il se retourne et sourit.

Excusez-moi, dit-il du même air tranquille et
fermé.

Ensuite il n'en parle jamais plus. Il vit de la façon
la plus banale. Une seule chose : il ne touche plus à
sa femme. Jusqu'à la crise et l'explication : « Tout
ce qui est humain me fait horreur. »

*

Programme février-juin.

1) La corde [1].

1. Premier titre pour *Les Justes*.

2) L'homme révolté.

Mettre au point les 3 volumes d'essais :

1) Essais littéraires. *Préface* — Le Minotaure + Prométhée aux enfers, + L'exil d'Hélène + Villes d'Algérie + ...

2) Essais critiques. *Préface* — Chamfort + L'intelligence et l'échafaud + Agrippa d'Aubigné + Préface aux Chroniques italiennes + Commentaires sur le *Don Juan* + Jean Grenier.

3) Essais politiques. *Préface* — 10 éditoriaux + L'intelligence et le courage + ni victimes ni bourreaux + Réponses à d'Astier + Pourquoi l'Espagne + L'artiste et la liberté.

18-28 février : Finir Corde 1re version

mars-avril : Finir Homme révolté. 1re version

mai : Essais

juin : Revoir version Corde et H. R.

Lever tôt. Douche *avant* petit déjeuner.

Pas de cigarettes avant midi.

Obstination au travail. Elle surpasse les défaillances.

*

Portraits. Sous la voilette, elle regarde de tous ses beaux yeux. Beauté tranquille, un peu laitière. Elle parle soudain et la bouche se crispe en parallélogramme. Elle est laide. Femme du monde.

*

On lui parle. Il parle. Tout d'un coup, il continue sa phrase, mais le regard est ailleurs, encore sur vous

par la force des choses, mais déjà dérivant. Homme
à femmes.

*

Dernières paroles de Karl Gerhard, ancien médecin
de Himmler (et renseigné sur Dachau) :
« Je regrette que l'injustice soit encore de ce
monde. »

*

Se donner n'a de sens que si l'on se possède. —
Ou sinon, on se donne pour échapper à sa misère.
On ne peut donner que ce qu'on a. Etre son propre
maître avant de baisser les armes.

*

X. : « C'était l'année de ma péritonite.
C'était juste après ma perforation... » etc., etc.
Calendrier viscéral.

*

Procès. — Quand on pense à ce que représente
d'irremplaçable l'expérience d'un grand cœur, quelle
somme de connaissances elle suppose, combien de
grandes batailles livrées et gagnées contre soi-même
et la dureté du ciel, et qu'il suffit pourtant de trois
valets de tribunaux...

*

Dans un monde qui ne croit plus au péché, c'est l'artiste qui est chargé de la prédication. Mais si les paroles du prêtre portaient, c'est qu'elles étaient nourries par l'exemple. L'artiste s'essaye donc à devenir un exemple. C'est pourquoi on le fusille ou on le déporte, à son grand scandale. Et puis la vertu ne s'apprend pas aussi vite que le maniement de la mitraillette. Le combat est inégal.

*

Après l'assassinat d'Alexandre II, adresse du Comité Exécutif à Alexandre III :

« ... Mieux que quiconque, nous comprenons combien est triste la perte de tant de talents, de tant d'énergie dans l'œuvre de destruction... »

« ... Une lutte pacifique d'idées viendra remplacer la violence qui nous répugne plus qu'à vos serviteurs et que nous ne pratiquons qu'en vertu d'une triste nécessité. »

— Voir curieuse déposition de Ryssakov, prêt à servir comme indicateur pour avoir la vie sauve. Mais il *se* donne des raisons (p. 137 des *Procès célèbres de la Russie*).

Lieutenant Schmidt. « Ma mort parachèvera tout et, couronnée par le supplice, ma cause sera irréprochable et parfaite. »

*

G. Cette bouche décapée par la sale érosion du plaisir.

*

Révolte. Chapitre sur le paraître (à soi et aux autres). Le dandysme, moteur de tant d'actions, même la révolutionnaire.

*

Tant que l'homme n'a pas dominé le désir il n'a rien dominé. Et il ne le domine presque jamais.

*

Vinaver [1]. L'écrivain est finalement responsable de ce qu'il fait envers la société. Mais il lui faut accepter (et c'est là qu'il doit se montrer très modeste, très peu exigeant), de ne pas connaître d'avance sa responsabilité, d'ignorer, *tant qu'il écrit,* les conditions de son engagement — de prendre un risque.

*

Essai. Introduction. Pourquoi refuser la délation, la police, etc... si nous ne sommes ni chrétiens ni

1. M. Vinaver, auteur de *Lataume* (1950) et de *L'objecteur* (1951).

marxistes. Nous n'avons pas de valeurs pour ça. Jusqu'à ce que nous ayons retrouvé un fondement à ces valeurs, nous sommes condamnés à choisir le bien (quand nous le choisissons) de façon injustifiable. La vertu sera toujours illégitime jusqu'à cette échéance.

*

1ᵉʳ Cycle. Depuis mes premiers livres (*Noces*) jusqu'à *La Corde* et *L'Homme révolté*, tout mon effort a été en réalité de me dépersonnaliser (chaque fois, sur un ton différent). Ensuite, je pourrai parler en mon nom.

*

Les grandes âmes m'intéressent — et elles seules. Mais je ne suis pas une grande âme.

*

Préface à recueil articles [1]. « L'un de mes regrets est d'avoir trop sacrifié à l'objectivité. L'objectivité, parfois, est une complaisance. Aujourd'hui les choses sont claires et il faut appeler concentrationnaire ce qui est concentrationnaire, même le socialisme. Dans un sens, je ne serai plus jamais poli. »
Je me suis efforcé à l'objectivité, contraire à ma nature. C'est que je me méfiais de la liberté.

1. Projet de préface pour *Actuelles*.

*

Jeliabov, qui organise l'assassinat d'Alexandre II,
arrêté 48 heures avant le drame, demande à être
exécuté en même temps que Ryssakov qui a jeté la
bombe.

« Seule la lâcheté du gouvernement expliquerait
qu'on ne dressât qu'une potence au lieu de deux. »

*

Zybine déchiffreur imbattable de l'Okhrana, est
maintenu à son poste par le G.P.U. *Id.* Kommissarov
organisateur de pogromes pour le compte de
l'Okhrana passe à la Tchéka. « Descendre dans le
souterrain » (illégalité).

« Les coups de la terreur doivent être soigneuse-
ment organisés. Le parti en assumera la responsabilité
morale. Cela assurera aux lutteurs héroïques la tran-
quillité d'esprit indispensable. »

Azev — la tombe 10 466 dans le cimetière d'un
faubourg berlinois.

Quelques jours avant l'attentat contre Plehve, il
avertit « en général » Lopoukhine, de l'Okhrana, et
demande une augmentation. Il dénonce les terroristes
du Sud pour que ceux de Petersbourg aient les mains
libres. Plehve est tué ; ce que Azev avait dit : « Ce
n'est pas de ce côté-là (Guerchoum) que vous avez à
craindre. »

*

Zoubatov directeur. Plaidait pour l'accusé devant une fausse commission d'enquête. Et il en faisait un indicateur.

9 fois sur 10 le révolutionnaire se prenait de passion pour son métier d'indicateur.

*

La révolution de 1905 a débuté par la grève d'une imprimerie moscovite dont les ouvriers demandaient que les points et les virgules fussent comptés comme caractères dans l'estimation « à la pièce ».

Le Soviet de Saint-Pétersbourg en 1905 appelle à la grève aux cris de *A bas la peine de mort.*

*

Pendant la Commune de Moscou, place Trubnaïa, devant un bâtiment détruit par les canons, une assiette contenant un morceau de chair humaine est exposée avec une pancarte portant ces mots : « Donnez votre obole pour les victimes. »

*

Provocation. Le cas Malinovski, cf. Laporte, p. 175-176.

Entrevue. Bourtzev — Azev, à Francfort — après la condamnation. Cf. p. 221, Laporte.

*

A Dimitri Bogrov, assassin de Stolypine, on accorde la grâce d'être pendu en frac.

*

Terminer 1 juin. Ensuite voyages. Journal Intime. Force de vie. Ne jamais s'enliser.

*

Un essai sur l'alibi.

*

On peut considérer l'histoire entière du terrorisme russe comme celle de la lutte entre les intellectuels et l'absolutisme, en présence du peuple silencieux.

*

Roman. Dans la misère interminable du camp, un instant de bonheur indicible.

*

En somme, l'Évangile est réaliste, alors qu'on le croit impossible à pratiquer. Il sait que l'homme ne peut pas être pur. Mais il peut faire l'effort de reconnaître son impureté, c'est-à-dire pardonner. Les criminels sont toujours des juges... Seuls peuvent

condamner absolument ceux qui sont innocents absolument... C'est pourquoi Dieu doit être absolument
innocent.

*

Mettre à mort un être, c'est supprimer sa chance de
perfection.

*

Comment vivre sans quelques bonnes raisons de
désespérer !

*

Préface. — Se dire révolutionnaire et refuser par
ailleurs la peine de mort [1] (citer préface Tolstoï —
on ne connaît pas assez cette préface de Tolstoï que
j'ai l'âge de lire avec vénération), la limitation des
libertés, et les guerres, c'est ne rien dire. Il faut donc
déclarer que l'on n'est pas révolutionnaire — mais
plus modestement réformiste. Un réformisme intran-
sigeant. Enfin, *et tout bien pesé,* on peut se dire
révolté.

*

(Vous allez perdre votre crédit, me dit-on.
— Je l'espère bien, s'il est fait de cette eau-là [2].)

1. Cf. *Actuelles,* p. 235.
2. Au manuscrit, cette remarque est directement raccrochée au
texte précédent qu'elle commente visiblement.

*

Tchaïkovsky avait l'habitude de manger des papiers (même fort importants, au Ministère de la Justice par exemple) par distraction.

« En lui montait un désir de créer d'une violence telle que seule son immence puissance de travail permettait de l'assouvir » (N. Berberova).

« Si cette émotion de l'artiste qu'on nomme inspiration ne s'interrompait jamais, on ne pourrait vivre » (Tchaïkovsky).

« Dans les moments d'oisiveté, une angoisse me prend de n'être jamais capable d'arriver à la perfection, un mécontentement, une haine pour moi-même. La pensée que je ne suis bon à rien, que seule ma grande activité pallie mes défauts et m'élève au rang d'homme, au sens profond du mot, me harcèle et me tourmente. C'est le travail qui me sauve » (Tchaïkovsky).

Et pourtant sa musique, le plus souvent, est médiocre.

*

Recrutement. La plupart des littérateurs manqués vont au Communisme. C'est la seule position qui leur permet de juger de haut les artistes. De ce point de vue, c'est le parti des vocations contrariées. Gros recrutement, on s'en doute.

*

Mai 49. Et maintenant : renoncer à « l'humain » comme ils disent.

*

Je me donnais des sujets comme autant de prétextes pour me forcer à parler.

*

Préface livre essais politiques. De ce point de vue le dernier essai exprime assez bien ce que je pense, à savoir que l'homme moderne est forcé de s'occuper de politique. Je m'en occupe à mon corps défendant et parce que, par mes défauts plus que par mes qualités, je n'ai jamais rien su refuser des obligations que je rencontrais.

*

On ne peut pas croire à la bonté, à la morale et au désintéressement, à cause de la psychologie. Mais on ne peut pas croire au mal, etc., à cause de l'histoire.

*

¹ Roman. Les amants de pierre. Et il savait maintenant ce dont il avait souffert pendant tout le temps de cet amour et qui n'eût pu se résoudre que si... au moment exact... quelque vent venu du ciel les eût pétrifiés dans l'élan même de leur amour et qu'à jamais désormais ils fussent tournés immobilisés face à face, arrachés enfin à cette terre cruelle, ignorants des désirs roulant furieusement autour d'eux et tour-

1. Passage rétabli par les éditeurs.

nés l'un vers l'autre comme vers la face splendide de l'amour complémentaire.

*

On ne dit pas le quart de ce que l'on sait. Sinon, tout croulerait. Le peu qu'on dit, et les voilà qui hurlent.

*

Quand on a vu une seule fois le resplendissement du bonheur sur le visage d'un être qu'on aime, on sait qu'il ne peut pas y avoir d'autre vocation pour un homme que de susciter cette lumière sur les visages qui l'entourent... et on se déchire à la pensée du malheur et de la nuit que nous jetons, par le seul fait de vivre, dans les cœurs que nous rencontrons.

*

Quand les barbares du Nord eurent détruit le doux royaume de Provence et fait de nous des Français...

*

Mounier me conseille dans « Esprit » de me détourner de la politique, n'ayant pas la tête à cela (cela, en effet, est évident) et de me contenter du rôle bien assez noble et qui m'irait si gentiment d'avertisseur. Mais qu'est-ce qu'une tête politique ? la lecture d'Esprit ne me l'apprend pas. Quant au rôle « noble » d'avertisseur, il y faudrait une conscience sans tache. Et la seule vocation que je me sente, c'est de dire aux consciences qu'elles ne sont pas sans tache et aux raisons qu'il leur manque quelque chose.

*

Juillet 49.

Voir Journal Amérique du Sud, Juin à Août 1949.

*

Septembre 49.

Pour finir, revaloriser le meurtre pour l'opposer à la destruction anonyme et froide, et abstraite. L'apologie du meurtre d'homme à homme est une des étapes sur le chemin de la révolte.

*

Le seul effort de ma vie, le reste m'ayant été donné, et largement (sauf la fortune qui m'indiffère) : vivre une vie d'homme normal. Je ne voulais pas être un homme des abîmes. Cet effort démesuré n'a servi de rien. Peu à peu, au lieu de réussir de mieux en mieux dans mon entreprise, je vois l'abîme s'approcher.

*

Gheorghiu remarque justement que la condamnation (et le supplice) du Christ a été mêlée à celle des deux larrons. La technique de l'amalgame était déjà pratiquée en l'an zéro.

Le seul progrès, selon G : aujourd'hui, dix mille innocents sont entourés par deux coupables.

*

... les façades de villages érigés par Potemkine le
long des routes où passait la grande Catherine visi-
tant son empire.

*

Czapski (Terre inhumaine) raconte comment les
enfants russes arrosaient d'eau les cadavres de soldats
allemands trouvés dans la neige et, au matin, se ser-
vaient des corps gelés comme de luges.

*

Il faut aimer la vie avant d'en aimer le sens, dit
Dostoïevski. Oui, et quand l'amour de vivre disparaît, aucun sens ne nous en console.

*

Le grand Iman Ali : « Le monde est une charogne.
Quiconque désire une parcelle de ce monde vivra
avec les chiens. »

*

Stendhal. « Différence des Allemands à d'autres
peuples : ils s'exaltent par la méditation au lieu de
se calmer. Seconde nuance : ils meurent d'envie
d'avoir du caractère. »

*

Sperber. « Dieu punisse les dévots qui au lieu d'aller à l'église entrent dans un parti révolutionnaire afin d'en faire une église. »

— Le communisme, fanatisme sceptique.

— Parlant d'un maître (Grenier ?) : « Rencontrer cet homme a été un grand bonheur. Le suivre aurait été mauvais, ne jamais l'abandonner sera bien. »

*

Id. La mort de Rosa Luxembourg : « Pour les autres, elle était morte depuis douze ans. Pour eux, elle mourait depuis douze ans. »

*

« Il n'y a pas de sacrifices isolés. Derrière chaque individu qui se sacrifie, d'autres se tiennent qu'il sacrifie avec lui sans leur demander leur avis. »

Ils veulent le bien du peuple, mais ils n'aiment pas le peuple. Ils n'aiment personne, ni eux-mêmes.

*

Octobre 49.

Roman. « Quelque part, dans une région lointaine de son âme, il les aimait. Ils étaient aimés réellement, mais à une telle distance que le mot d'amour prenait un sens nouveau. »

« Il désirait deux choses, dont la première était la possession absolue. La seconde était le souvenir absolu qu'il voulait lui laisser. Les hommes savent si bien que l'amour est voué à la mort qu'ils travaillent au souvenir de cet amour tout le temps qu'ils y vivent. Il voulait lui laisser une grande idée de lui-même afin que leur amour fût grand, définitivement. Mais il savait maintenant que lui n'était pas grand, qu'elle le saurait un jour, tôt ou tard, et qu'au lieu du souvenir absolu, ce serait pour lui du moins la mort absolue. La victoire, la seule victoire serait de reconnaître que l'amour peut être grand même lorsque l'amant ne l'est pas. Mais il n'était pas encore préparé à cette terrible modestie. »

« Il promenait en lui, gravé au fer rouge, le souvenir de son visage rongé par la douleur... C'est vers cette époque à peu près qu'il perdit l'estime de lui-même qui jusqu'ici l'avait toujours soutenu... Inférieur à l'amour, elle avait raison. »

« On peut aimer dans les chaînes, à travers des murs de pierre épais de plusieurs mètres, etc... Mais qu'une toute petite partie du cœur soit soumise au devoir et l'amour vrai est impossible. »

« Il imaginait un avenir de solitude et de souffrance. Et il trouvait un plaisir difficile à ces imaginations. Mais c'est qu'il supposait la souffrance noble et harmonieuse. Et en réalité il imaginait ainsi un avenir sans souffrance. Dès l'instant où la douleur était là, au contraire, il n'y avait plus de vie. »

« Il lui disait que l'amour des hommes est ainsi, une volonté, non une grâce, et qu'il avait à se conquérir lui-même. Elle lui jurait que ce n'était pas l'amour. »

« Il avait tout perdu, même la solitude. »

« Il lui criait que ceci était la mort pour lui et elle ne s'en trouvait pas atteinte. Car au sommet de son exigence elle trouvait naturel qu'il mourût puisqu'il avait failli. »

« Tout est à pardonner, et d'abord d'exister. L'existence finit toujours par être une mauvaise action. »

« Ce fut ce jour-là qu'il la perdit. Le malheur ne vint que plus tard apparemment. Mais il savait que c'était ce jour-là. Pour la conserver il eût dû ne jamais faillir. Son exigence à elle était telle qu'il ne pouvait commettre une seule erreur, afficher une seule faiblesse. De tout autre elle l'eût admis, elle l'avait admis et l'admettrait. Non de lui. Ce sont les privilèges de l'amour. »

« Il y a un honneur dans l'amour. Lui perdu, l'amour n'est rien. »

*

« J'étais petit avant d'aimer, précisément parce que j'étais tenté quelquefois de me trouver grand. » (Stendhal, *De l'Amour*).

✳

D'esprit fin et de cœur médiocre. Ou encore ses vertus étaient de l'esprit, non du cœur. Ce qui lui plaisait en elle c'était la vie extérieure, le romanesque, le jeu et la comédie.

✳

Le désespoir c'est de ne pas connaître ses raisons de lutter et si justement il faut lutter.

Marchant dans Paris, ce souvenir : les feux de la campagne brésilienne et l'odeur aromatique de café et d'épices. Soirs cruels et tristes qui tombent alors sur cette terre démesurée.

✳

Révolte. L'absurde suppose l'absence de choix. Vivre c'est choisir. Choisir c'est tuer. L'objection à l'absurde, c'est le meurtre.

✳

Guilloux. Le malheur de l'artiste, c'est qu'il n'est ni tout à fait moine ni tout à fait laïque — et qu'il a les deux sortes de tentations.

✳

Le vrai problème du moment : le châtiment.

*

Qui pourra dire la détresse de l'homme qui a pris le parti de la créature contre le créateur et qui, perdant l'idée de sa propre innocence, et de celle des autres, juge la créature, et lui-même, aussi criminelle que le créateur.

*

Monnerot. « La fécondité d'un producteur d'idées (il parle de Hegel) s'atteste par la multiplicité des *traductions* (interprétations) possibles. »
Naturellement non. Cela est vrai d'un artiste, résolument faux d'un penseur.

*

Roman. Condamné à mort. Mais on lui fait passer le cyanure... Et là, dans la solitude de sa cellule, il se mit à rire. Une aise immense l'emplissait. Ce n'était plus le mur contre lequel il marchait. Il avait toute la nuit. Il allait *pouvoir choisir*... Se dire « Allons » et puis « Non, un moment encore » et savourer ce moment... Quelle revanche ! Quel démenti !

*

Faute d'amour, on peut essayer d'avoir de l'honneur. Triste honneur.

*

F. : Folie de rien fonder sur l'amour, folie de rien
briser pour l'amour.

*

C'est parce qu'il jalousait notre douleur que Dieu
est venu mourir sur la Croix. Cet étrange regard
qui n'était pas encore le sien...

Fin octobre 49. Rechute.

Un malade doit être propre pour se faire oublier, pardonner. Et encore. Même sa propreté est insolite. Elle est suspecte — comme ces rosettes de taille excessive qu'on voit à la boutonnière des escrocs.

✱

Après une si longue certitude de guérison, ce retour devrait m'accabler. Il m'accable en effet. Mais succédant à une suite ininterrompue d'accablements, il me porte à rire. A la fin, me voilà libéré. La folie aussi est libération.

✱

« D'une telle sensibilité qu'il aurait pu toucher la douleur avec ses mains » (de Keats — par Anny Lowell).

Keats encore. « Il n'y a pas de plus grand péché que celui de se croire un grand écrivain. Il est vrai qu'un tel crime comporte un lourd châtiment. »

*

« Au couvent, Ophélie ! » Eh oui, car il n'est pas d'autre manière de la posséder que de faire en sorte que personne ne la possède. Sinon Dieu, dont on supporte aisément les avantages : ils ne touchent pas au corps.

*

S'il y a une âme, c'est une erreur de croire qu'elle nous est donnée toute créée. Elle se crée ici, à longueur de vie. Et vivre n'est rien d'autre que ce long et torturant accouchement. Quand l'âme est prête, créée par nous et la douleur, voici la mort.

*

« Je suis heureux qu'il y ait ici-bas une chose telle que la tombe » (Keats).

*

Chesterton. La justice est un mystère, non une illusion.

*

A propos de Browning : l'homme moyen — tel qu'il me préoccupe.

*

Kleist qui brûle deux fois ses manuscrits... Piero della Francesca, aveugle à la fin de ses jours... Ibsen à la fin amnésique et réapprenant l'alphabet... Courage ! Courage !

*

La Beauté, qui aide à vivre, aide aussi à mourir.

*

Pendant des millénaires, le monde a été semblable à ces peintures italiennes de la Renaissance où, sur les dalles froides, des hommes sont torturés tandis que d'autres regardent ailleurs dans la distraction la plus parfaite. Le nombre des « désintéressés » était vertigineux auprès de celui des intéressés. Ce qui caractérisait l'histoire, c'était la quantité de gens qui ne s'intéressaient pas au malheur des autres. Quelquefois les désintéressés avaient leur tour. Mais c'était alors au milieu de la distraction générale et ceci compensait cela. Aujourd'hui, tout le monde fait mine de s'intéresser. Dans les salles du palais, les témoins se retournent soudain vers le flagellé.

*

Peer Gynt raconte à ses concitoyens que le diable promit à la foule d'imiter à merveille le grognement du porc. Il paraît et s'exécute. Mais à l'issue de la représentation, les critiques tranchèrent. Les uns trouvaient la voix trop grêle ; les autres trop étudiée. Tous regrettaient que l'effet fût exagéré. Et pourtant les cris entendus étaient ceux d'un porcelet que le diable portait sous son manteau et pinçait.

*

La fin de Don Giovanni : les voix de la damnation, silencieuses jusque-là, remplissent tout d'un coup la scène de l'univers. Elles étaient là, foule secrète, plus nombreuses que les vivants.

*

Procès Rajk : L'idée du criminel objectif qui réalise l'éclatement entre deux aspects de l'homme est une idée de procédure courante, mais *exagérée*.

*

Le marxisme est une philosophie procédurière, mais sans jurisprudence.

*

A noter : pendant tout le procès, Rajk penchait la tête à droite, ce qu'il ne faisait jamais auparavant.

*

Id. Les condamnés à mort en réalité *non exécutés* et qui vivent en Sibérie, ou ailleurs, *une autre vie* (héros de roman).

*

Contre la peine de mort. Fichte. « Système du droit naturel. »

*

Roman (*fin*). Il se souvenait de ce temps où il dévorait des biographies d'hommes célèbres, courant à travers les pages vers l'instant de leur mort. Ce qu'il voulait savoir alors, c'est ce que le génie, la grandeur, la sensibilité peuvent opposer à la mort. Mais il savait maintenant que cette rage était vaine et que les grandes existences ne comportaient pas de leçons pour lui. Le génie ne sait pas mourir. La femme pauvre le sait.

*

La grandeur, c'est d'essayer d'être grand. Il n'en est point d'autre. (C'est pourquoi M. est grande.)

*

Où l'on veut avoir des esclaves, il faut le plus de musique possible. C'est du moins l'idée d'un prince allemand, telle que la rapporte Tolstoï.

*

Obéissez, disait Frédéric de Prusse. Mais, en mourant : « Je suis las de régner sur des esclaves. »

*

Roman. « Je cherchais le moyen de ne pas mourir de sa liberté. Si je l'avais trouvé alors je lui aurais rendu cette liberté. »

*

Gorki parlant de Tolstoï : « C'est un homme qui cherche Dieu, non pas pour lui-même mais pour les autres, pour qu'Il le laisse, lui, l'homme, en paix dans le désert qu'il s'est choisi. »

Id. « Je ne suis pas un orphelin sur la terre tant que cet homme existe. »

*

Quand on brûlait Jean Huss, on vit arriver une douce petite vieille apportant son fagot pour l'ajouter au bûcher.

*

Ces moments où l'on s'abandonne à la souffrance comme on le fait à la douleur physique : étendu, immobile, sans volonté ni avenir, écoutant seulement les longs élancements du mal.

*

Surmonter ? Mais la souffrance est cela justement, ce à quoi on n'est jamais supérieur.

*

Roman. « Quand elle était là et que nous nous déchirions, ma souffrance, mes larmes avaient un sens. *Elle pouvait les voir.* Elle partie, cette souffrance était vaine, sans avenir. Et la vraie souffrance est la souffrance vaine. Souffrir près d'elle était un délicieux bonheur. Mais la souffrance solitaire et ignorée, voilà la coupe qui nous est présentée sans relâche, dont nous nous détournons obstinément, mais où il faut bien boire un jour, plus terrible que le jour de la mort. »

*

Les nuits de souffrance laissent une gueule de bois — comme les autres.

*

Roman. « Un dernier mot. La question n'est pas d'engager un délicieux et amer dialogue avec une belle image disparue. La question est de la détruire au fond de moi avec application, implacablement, de défigurer ce visage pour éviter à mon cœur le sursaut désespéré que lui donne la mémoire... » « Tuer cet amour, ô mon amour. »

Id. « Il y avait dix ans qu'il n'avait pu entrer dans une salle de spectacle... »

*

Essai sur la Mer [1].

Le désespéré n'a pas de patrie. Moi, je savais que la mer existait et c'est pourquoi j'ai vécu au milieu de ce temps mortel.

Ainsi des êtres qui s'aiment et qui sont séparés peuvent vivre dans la douleur. Mais, quoi qu'ils en disent, ils ne vivent pas dans le désespoir : ils savent que l'amour existe.

*

On s'obstine à confondre le mariage et l'amour d'une part, le bonheur et l'amour d'autre part. Mais il n'y a rien de commun. C'est pour cela qu'il arrive, l'absence d'amour étant plus fréquente que l'amour, que des mariages soient heureux.

*

L'engagement involontaire.

*

La jalousie physique est en grande partie un jugement porté sur soi-même. C'est parce qu'on sait ce qu'on est capable de penser qu'on imagine que *l'autre* pense ainsi.

1. Cf. *La Mer au plus près* dans *L'Eté.*

*

Les journées en mer, cette vie « rebelle à l'oubli, rebelle au souvenir » selon Stevenson.

*

Lambert [1]. « A présent, je garde toute ma pitié pour moi-même. »

*

Guilloux. « Finalement, on n'écrit pas pour dire, mais pour *ne pas dire*. »

*

Roman. « Au terme de ces épuisantes souffrances, je me tournais vers cette part de moi qui n'aime personne et j'y cherchais refuge. J'y soufflais un peu. Puis je retournais, tête baissée, dans les taillis et les épines. »

*

La vertu est méritoire, aujourd'hui. Les grands sacrifices ne sont pas soutenus. Les martyrs sont oubliés. Ils se dressent. On les regarde. Une fois tombés, les journaux continuent.

1. E. Lambert, ami de Jean Grenier, qui lui présenta Louis Guilloux.

*

Merle, journaliste de chantage, n'obtenait rien de X. qu'il calomniait à longueur d'année dans son journal. Merle, changeant ses batteries, loua sans retenue sa victime qui paya aussitôt.

*

Tolstoï, dans l'affaire Chibounine plaide devant le tribunal pour le malheureux, coupable d'avoir frappé son capitaine — fait appel pour lui après la condamnation à mort — écrit à sa tante pour lui demander d'intervenir auprès du ministre de la guerre. Celui-ci remarque seulement que Tolstoï a oublié de donner l'adresse du régiment, ce qui l'empêche d'intervenir. Le lendemain du jour où Tolstoï reçoit la lettre qui lui demande de combler cette lacune, Chibounine est exécuté *par la faute de Tolstoï.*

*

Le dernier ouvrage de Tolstoï et qu'on trouva inachevé sur sa table de travail : « *Au monde, il n'y a pas de coupables.* »

*

Il est né en 1828. Il a écrit *La Guerre et la Paix* entre 1863 et 1869. Entre 35 et 41 ans.

✻

La vie est trop longue, selon Greene. « Ne pour-
rions-nous commettre notre premier péché mortel à
sept ans, nous ruiner par amour ou par haine à dix
ans, et lutter pour tenter d'atteindre la rédemption
sur notre lit de mort à quinze ans. »

✻

Scobie, adultère. « La vertu, la vie pure le ten-
taient dans la nuit comme tente le péché. »
Id. « L'amour humain ne connaît rien qui se puisse
appeler victoire, à peine quelques petits succès straté-
giques avant le désastre final de la mort ou de l'indifférence. »
Id. « L'amour n'est pas compréhension. Il est fait
du désir de comprendre et bientôt, à force d'échecs
répétés, ce désir meurt aussi et l'amour... »

✻

Marie Dorval à Vigny : « Tu ne me connais pas !
Tu ne me connais pas ! » Après tant d'absence, ne se
reconnaissant plus. « Est-il vrai, dis-moi, que la
volupté puisse m'arracher des cris ! »
Son passeport délivré par Toulouse : « Taille bri-
sée, cheveux épars, port de gloire. »
« Je ne me suis pas séparée de M. de Vigny, mais
arrachée ! »

*

Le Christ agonise maintenant dans les palais. Le knout à la main — il trône aux guichets des banques.

*

Strepto — 40 grammes du 6 novembre au 5 décembre 49

P.A.S. 360 grammes du 6 novembre au 5 décembre 49

+ 20 gr. Strepto du 13 novembre au 2 janvier.

*

Roman. « A force de l'interroger sur son amour, à force surtout d'angoisse qu'elle mettait dans cette interrogation, il sentait naître des doutes. Et à mesure que les doutes croissaient, sa volonté d'aimer se durcissait. Ainsi, plus elle en appelait à son cœur, et plus son amour devenait abstrait. »

*

Tout meurtre pour être justifié doit s'équilibrer à l'amour. L'échafaud pour les terroristes était la preuve par neuf de l'amour.

*

En 1843, les Américains libèrent les Hawaï que les Anglais s'étaient fait céder par la force. Melville pré-

sent. Le roi invite ses sujets à « célébrer leur bonheur
en cessant d'observer toute contrainte morale, légale
ou religieuse pendant dix jours consécutifs ; pour
cette période, il le déclarait solennellement, toutes les
lois du territoire étaient suspendues ».

*

Les erreurs sont joyeuses, la vérité infernale.

*

Cette incertitude sacrée, dont parle Melville, qui
toujours tient en suspens les hommes et les nations.

*

Note de Melville en marge des Essais de Shelley :
« Le Satan de Milton est moralement très supérieur
à son Dieu, comme celui qui persévère en dépit de
l'adversité et de la torture est supérieur à celui qui,
dans la froide sécurité d'un triomphe certain, exerce
la plus horrible vengeance sur ses ennemis. »

*

Amères sont les eaux de la mort...

*

Melville à 35 ans : J'ai consenti à l'annihilation.

*

Hawthorne, de Melville. « Il ne croyait pas et il ne pouvait se contenter de l'incroyance. »

*

L. G. — assez belle, mais qui, comme dit Stendhal, laisse un peu à désirer pour les idées.

*

Le jour où il se sépara de sa femme, il eut une grande envie de chocolat et y céda.

*

Histoire du grand-père de M. de Bocquandé. Au lycée, on l'accuse d'avoir fait une incongruité. Il nie. Trois jours au cachot. Il nie. « Je ne peux avouer une faute que je n'ai pas commise. » Le père est averti. Il donne trois jours à son fils pour avouer. Faute de quoi il sera mousse (la famille est riche). Trois jours de cachot. Il en sort. « Je ne peux pas avouer ce que je n'ai pas commis. » Le père, inflexible, l'embarque comme mousse. L'enfant grandit, passe sa vie sur les bateaux, devient capitaine. Le père meurt. Lui vieillit. Et sur son lit de mort : « Ce n'était pas moi. »

*

Pendant l'insurrection de Paris, les balles sifflent. Ah ! Ah ! s'écrie Gaston Gallimard. Robert Gallimard se précipite vers lui, affolé. Mais Gaston éternue.

*

Elle lui donnait des plaisirs de vanité. Et c'est pourquoi il lui était fidèle.

*

F. : « Je suis un être tordu. Je ne peux connaître ma capacité d'aimer qu'à ma capacité de souffrance. Avant de souffrir, je ne sais pas. »

*

Préface à *L'Envers et l'Endroit*.

Il y a en moi des résistances artistiques, comme il y a chez d'autres des résistances morales ou religieuses. L'interdit, l'idée que « cela ne se fait pas », qui m'est étrangère en tant qu'enfant d'une libre nature, m'est présente en tant qu'esclave (et esclave admiratif) d'une tradition artistique sévère. (Je n'ai vaincu ces tabous que dans *L'Etat de siège,* ce qui explique la tendresse que je voue à cette œuvre, généralement dédaignée.)

... Peut-être aussi cette méfiance vise mon anarchie profonde et, par là, reste utile. Je connais mon

désordre, la violence de certains instincts, l'abandon
sans grâce où je peux me jeter. L'œuvre d'art pour
être édifiée (je parle au futur) doit se servir de ces
forces incalculables de l'homme. Mais non sans les
entourer de barrières. Mes barrières aujourd'hui
encore sont trop fortes. Mais ce qu'elles avaient à
contenir l'était aussi. Le jour où l'équilibre s'établira,
ce jour-là, j'essaierai d'écrire l'œuvre dont je rêve. Elle
ressemblera à *L'Envers et l'Endroit*, c'est-à-dire qu'une
certaine forme d'amour y sera mon tuteur.

Il me semble que je le peux. L'étendue de mes
expériences, la connaissance de mon métier, ma violence et ma soumission... Je mettrai au centre, comme
ici, l'admirable silence d'une mère, la quête d'un
homme pour retrouver un amour qui ressemble à ce
silence, le trouvant enfin, le perdant, et revenant à
travers les guerres, la folie de justice, la douleur, vers
le solitaire et le tranquille dont la mort est un silence
heureux. J'y mettrai...

*

Maritain. L'athéisme révolté (l'athéisme absolu) met
l'histoire à la place de Dieu et remplace la révolte
par une soumission absolue. « Le devoir et la vertu
ne sont pour lui qu'une totale soumission et une
totale immolation de lui-même à la voracité sacrée du
devenir. »

« La sainteté aussi est une révolte : c'est refuser les
choses telles qu'elles sont. C'est prendre sur soi le
malheur du monde. »

*

Bande pour *Les Justes* : Terreur et justice.

*

Roman. « Elle avait une manière de répéter par trois fois « Je t'aime » d'une voix chuchotée et précipitée, comme un credo un peu traqué... »

*

« Ma principale occupation malgré les apparences a toujours été l'amour (ses plaisirs longtemps et, pour finir, ses transports les plus déchirants). J'ai l'âme romanesque et j'ai toujours eu bien du mal à l'intéresser à autre chose. »

*

Au printemps quand tout sera fini écrire *tout ce que je sens*. Petites choses au hasard.

*

Roman. « Auprès de la plupart des femmes, il avait pu feindre, victorieusement. Auprès d'elle jamais. Une sorte d'intuition géniale la mettait au fait de ce qui se passait dans son cœur, le perçait à jour. »

❋

Critique sur *Les Justes* : « Aucune idée de l'amour. » Si j'avais le malheur de ne pas connaître l'amour et si je voulais me donner le ridicule de m'en instruire, ce n'est pas à Paris ou dans les gazettes que je viendrais faire mes classes.

❋

La fin d'un jour froid, les crépuscules d'ombres et de glace... plus que je ne puis supporter.

❋

Préface à Essais politiques. « A la chute de Napoléon l'écrivain des pages suivantes qui trouvait de la duperie à passer sa jeunesse dans les haines politiques se mit à courir le monde. » Stendhal : *Vie de Rossini*.

❋

Id. Stendhal (*De l'Amour*) : « L'homme n'est pas libre de ne pas faire ce qui lui fait plus de plaisir que toutes les autres actions possibles. »

Id. « Les femmes extrêmement belles étonnent moins le second jour. C'est un grand malheur... etc. »

Le duc de Policastro qui « tous les six mois faisait

cent lieues pour voir un quart d'heure à Lecca une maîtresse adorée et gardée par un jaloux ».

Cf. : L'histoire de Donna Diana. Fin de scène théâtre (p. 108, Garnier).

*

Quand tout sera fini : écrire un pêle-mêle. Tout ce qui me passe par la tête.

*

Révolte : la fin de la révolte sans Dieu, c'est la philanthropie. La fin de la philanthropie ce sont les procès. Chap. Les philanthropes.

*

Athée quand il était un mari irréprochable, il se convertit devenant adultère.

*

Pauvre et libre plutôt que riche et asservi. Bien entendu les hommes veulent être et riches et libres et c'est ce qui les conduit quelquefois à être pauvres et esclaves.

*

Delacroix. « Ce qu'il y a de plus réel en moi, ce sont les illusions que je crée avec ma peinture. Le reste est un sable mouvant. »

*

Mogador [1].

*

Delacroix. « Ce qui fait les hommes de génie... ce ne sont pas les idées neuves, c'est cette idée, qui les possède, que ce qui a été dit ne l'a pas encore été assez. »

Id. « L'aspect de cette contrée (le Maroc) restera toujours dans mes yeux. Les hommes de cette forte race s'agiteront toujours, tant que je vivrai, dans ma mémoire. C'est en eux que j'ai vraiment retrouvé la beauté antique. »

Id. «... Ils sont plus près de la nature de mille manières : leurs habits, la forme de leurs souliers. Aussi la beauté s'unit à tout ce qu'ils font. Nous autres dans nos corsets, nos souliers étroits, nos gaines ridicules, nous faisons pitié. La grâce se venge de notre science. »

P. 212-213 (Plon), t. Ier, admirables pages sur le talent.

Il classe Gœthe (en motivant raisonnablement son jugement) « parmi les esprits mesquins et entachés d'affectation ».

« Cet homme qui se voit toujours faire... »

1. Au manuscrit, *Mogador* figure en gros caractères, fortement souligné.

*

10 janvier 1950.

Je n'ai jamais vu très clair en moi pour finir. Mais j'ai toujours suivi, d'instinct, une étoile invisible...

Il y a en moi une anarchie, un désordre affreux. Créer me coûte mille morts, car il s'agit d'un ordre et que tout mon être se refuse à l'ordre. Mais sans lui je mourrais éparpillé.

*

L'après-midi, le soleil et la lumière entrant à flots dans ma chambre, le ciel bleu et voilé, des bruits d'enfants montant du village, la chanson de la vasque dans le jardin... et voici les heures d'Alger qui me reviennent. Il y a vingt ans...

*

L., de maman : « C'est du pain, et quel pain ! »

*

Bespaloff. « De révolte en révolte, de révolution en révolution, on croyait augmenter la liberté et on débouche sur l'Empire. »

*

Révolte. Achille défiant la création après la mort de Patrocle.

✻

Chap. Nous autres nietzschéens.

✻

Henry Miller : « Je suis ébloui par le grandiose écroulement du monde. » Mais il y a une sorte d'esprits que cet écroulement n'éblouit pas. Plus sordide que grandiose.

✻

Dominer l'œuvre mais ne pas oublier la *hardiesse*. Créer.

✻

Couvreux. Arrive, prie qu'on veuille bien trouver à la radio le programme d'informations de la B.B.C. qui, selon lui, est d'un intérêt constant, s'assied, et s'endort.

✻

Famille. « Il ne fallait pas vous déranger. »
        « Vous vous gênez. »
        « Il vient de l'intérieur. »

✻

Thèmes. Hôtel de Province. Attirance des êtres.

*

Mer. Injustice du climat. Arbres en fleurs à Saint-Étienne. Plus affreux encore. Finalement, j'eusse voulu un visage tout à fait noir. Ainsi les peuples du Nord...

*

Février 1950.
Travail discipliné jusqu'en avril. Ensuite travail dans la flamme. Se taire. Ecouter. Laisser déborder.

*

La notion (et la réalité) d'intellectuel date du XVIIIe siècle.

*

Plus tard écrire essai, sans un égard ni une réserve, *sur ce que je sais être vrai* (faire ce qu'on ne veut pas, vouloir ce qu'on ne fait pas).

*

La nuit originelle.

*

Je lis la vie de Rachel. Toujours la même déception devant l'histoire. Toutes ces paroles prononcées par elle, dans l'intimité par exemple, et qui rejoignent la foule vertigineuse des paroles perdues et que personne ne connaîtra. Auprès de cette foule, ce que l'histoire nous rapporte est une goutte d'eau perdue dans la mer.

*

Dans le Journal de Delacroix, un mot (rapporté) sur les critiques qui se laissent aller à créer eux-mêmes. « On ne peut à la fois tenir les étrivières et montrer son derrière. »

*

Delacroix — sur les distances à Londres.

« C'est par lieues qu'il faut compter : cette dispro-portion seule entre l'immensité du lieu que ces gens-là habitent et l'exiguïté naturelle des proportions humaines me les fait déclarer ennemis de la vraie civi-lisation qui rapproche les hommes de cette civilisa-tion attique qui faisait le Parthénon grand comme une de nos maisons et qui renfermait tant d'intelli-gence, de vie, de force, de grandeur dans les limites étroites de frontières qui font sourire notre barbarie, si étriquée dans ses immenses Etats. »

*

Delacroix. « En musique *comme sans doute dans tous les autres arts* sitôt que le style, le caractère, le sérieux en un mot, vient à se prononcer, le reste disparaît. »

Id. Ce que les révolutions ont fait disparaître en matière de monuments et d'œuvres d'art — le détail, dit Delacroix, en est effrayant.

Contre le progrès. T. Ier, p. 428 : « Nous devons à l'antiquité le peu que nous valons. »

*

Delacroix.

Le grand artiste doit apprendre à éviter *ce qui ne doit pas être tenté*. « Il n'y a que les fous et les impuissants qui se tourmentent pour l'impossible. Et pourtant *il faut être très hardi*. »

Id. « Il faut une grande hardiesse pour oser *être soi*. »

Id. « Travailler n'est pas seulement pour produire des ouvrages, c'est pour donner du prix au temps. »

Id. « La satisfaction de l'homme qui a travaillé et convenablement employé sa journée est immense. Quand je suis dans cet état je jouis délicieusement des moindres délassements. Je peux même, sans le moindre regret, me trouver dans la société des gens les plus ennuyeux. »

Id. « ... ne point tant s'attacher à la poursuite des choses qui ne sont que du vent mais jouir du travail même et des heures délicieuses qui le suivent... »

Id. « Que je me trouve heureux de ne plus être forcé d'être heureux comme on l'entendait autrefois (les passions). »

Les grandes écoles d'Italie « où la naïveté s'unit au plus grand savoir ».

Id., parlant de Millet. « Il est bien de l'escouade des artistes à barbe qui ont fait la révolution de 48 ou qui y ont applaudi, croyant apparemment qu'il y aurait l'égalité des talents comme celle des fortunes. »

Id. Contre le progrès, p. 200 tout entière « ... Quel noble spectacle dans le meilleur des siècles, que le bétail humain engraissé par les philosophes. »

Id. Les romans russes « ont un parfum de réalité qui étonne ».

P. 341. « ... l'imparfaite Création... »

Le talent original « timidité et sécheresse au début, largeur et négligence des détails à la fin ».

❋

Le paysan qui, au milieu d'une prière qui avait arraché des larmes à tout le monde, était resté indifférent. Il dit aux gens qui lui reprochaient sa froideur qu'il n'était pas de la paroisse.

❋

Février 50.

Mémoire qui fuit de plus en plus. Devrais me résoudre à tenir un journal. Delacroix a raison : tous ces jours qui ne sont pas notés sont comme des jours qui n'ont pas été. Peut-être en avril, quand j'aurai retrouvé une liberté.

Volume : questions d'art — où je résumerai mon esthétique.

*

Société littéraire. On imagine de noires intrigues, de grands calculs d'ambition. Il n'y a que des vanités, et qui se paient de peu.

*

Un peu d'orgueil aide à prendre ses distances. Ne pas l'oublier *malgré tout*.

*

Le plaisir qui finit en gratitude : corolle des jours. Mais à l'autre extrémité : le plaisir amer.

*

Le mistral a raclé le ciel jusqu'à une peau neuve, bleue et brillante comme la mer. De toutes parts les chants d'oiseaux explosent, avec une force, une jubilation, une joyeuse discordance, un ravissement infini. La journée ruisselle et resplendit.

Non pas la morale mais l'accomplissement. Et il n'y a pas d'autre accomplissement que celui de l'amour, c'est-à-dire du renoncement à soi-même et de la mort au monde. Aller jusqu'au bout. *Disparaître*. Se dissoudre dans l'amour. Ce sera la force de l'amour qui créera alors et non plus moi. S'abîmer. Se démembrer. S'anéantir dans l'accomplissement et la passion de la vérité.

❋

Epigraphe : « Rien ne vaut contre la vie humble, ignorante, obstinée » (*L'Échange*).

❋

Id. « Il y avait une manière de t'aimer et je ne t'ai pas aimé de celle-ci. »

❋

Adolphe. Relecture. Même sensation de dessèchement brûlant.

« On l'examinait (E) avec intérêt et curiosité comme un bel orage. »

« Ce cœur (A) étranger à tous les intérêts du monde. »

❋

« Dès que je voyais sur son visage une expression de douleur, sa volonté devenait la mienne : je n'étais à mon aise que lorsqu'elle était contente de moi. »

*

« ... Ces deux êtres malheureux qui seuls se connaissaient sur terre, *qui seuls pouvaient se rendre justice,*
se comprendre et se consoler, semblaient deux ennemis irréconciliables, acharnés à se déchirer. »

*

Wagner, musique d'esclaves.

*

Roman. « Il voulait bien qu'elle souffrît, mais loin
de lui. Il était lâche. »

*

Constant. « Il faut étudier les misères des hommes
mais compter parmi ces misères les idées qu'ils se
font des moyens pour les combattre. »

*

Id. « Danger effroyable : que la politique d'affaires américaine et la civilisation inconsistante des
intellectuels viennent à s'unir. »

*

Titre essais solaires [1] : L'Eté. Midi. La fête.

1. Au manuscrit, on lisait : *Essais méditerranéens.* La correction
est de l'auteur sur la première frappe.

*

Février 50.

Maîtrise : Ne pas parler.

Noter : l'expérience est une mémoire, mais l'inverse est vrai.

Revenir maintenant au détail. Préférer la vérité à tout.

*

Nietzsche : *J'eus honte de cette modestie mensongère.*

*

Les romarins ont fleuri. Au pied des oliviers, des couronnes de violettes.

*

Mars 50.

Les religionnaires philanthropiques nient tout ce qui n'est pas la raison puisque la raison, à leur sens, peut les rendre maîtres de tout, même de la nature. De tout sauf de la Beauté. La beauté échappe à ce calcul. C'est pourquoi il est si difficile à un artiste d'être révolutionnaire, bien qu'il soit révolté en tant qu'artiste. C'est pourquoi il lui est impossible d'être un tueur.

*

Attendre, attendre que s'éteignent un à un les jours dont la guirlande illuminée est encore devant moi. Le dernier enfin s'éteint et c'est le noir total.

*

1ᵉʳ mars.
Un mois de maîtrise absolue — sur tous les plans. Recommencer ensuite à neuf — (mais sans perdre *la vérité, la réalité* des expériences précédentes, et *accepter alors toutes les conséquences* avec *la décision* de les surmonter et de les transfigurer dans l'attitude ultime (mais avertie) du créateur. Ne rien refuser).

*

(Pouvoir dire : c'était difficile. Je ne l'ai pas réussi du premier coup et j'ai lutté d'une lutte exténuante. Mais pour finir, j'ai triomphé. Et cette dure fatigue rend le succès plus clairvoyant, plus humble, mais aussi plus résolu.)

*

Révolte. Après avoir tout rédigé, repenser le tout *à partir* des documents et des idées ainsi ordonnées.

*

En art, le réaliste absolu serait la divinité absolue.

C'est pourquoi les entreprises de déification de l'homme veulent perfectionner le réalisme.

*

La mer : je ne m'y perdais pas, je m'y retrouvais.

*

L'ami de Vivet qui s'était arrêté de fumer, se remet à fumer, apprenant que la bombe H vient d'être découverte.

*

Famille.
Ce sont les charretiers qui ont fait l'Algérie.
Michel. 80 ans. Droit et fort.
X., sa fille. Les quitte à 18 ans pour « faire la vie ». Revient à 21 pleine d'argent et, vendant ses bijoux, refait toute l'écurie de son père, tuée par une épidémie.

*

« L'homme rusé » de Gurdjieff. Concentration. Rappel de soi (se voir par les yeux d'un autre).

*

Jacob Genns, dictateur du ghetto de Vilna, accepte ce poste policier pour limiter les dégâts. Peu à peu, les trois quarts du ghetto (48 000) sont exterminés.

Finalement on le fusille lui-même. Fusillé pour rien
— déshonoré pour rien.

*

Titre : le Malin Génie.

*

Il fallait qu'elle meure. Alors commencerait un
atroce bonheur. Mais la souffrance, c'est cela : « ils »
ne meurent pas au bon moment.

*

Selon les Chinois, les empires qui touchent à leur
perte ont de très nombreuses lois.

*

Lumière radieuse. Il me semble que j'émerge d'un
sommeil de dix ans — empêtré encore dans les
bandelettes du malheur et des fausses morales — mais
à nouveau nu et tendu vers le soleil. Force brillante
et mesurée — et l'intelligence frugale, acérée. Je
renais comme corps aussi...

Comédie. Un homme dont on récompense officiel-
lement une vertu qu'il exerçait d'instinct jusque-là. A
partir de ce moment, il l'exerce consciemment :
catastrophes.

✸

Le style du XVII⁰ selon Nietzsche : propre, exact et libre.

Art moderne : art de tyranniser.

✸

A partir d'un certain âge, les drames entre les êtres s'aggravent d'une course contre la montre. Insolubles alors.

✸

Comme si au premier soleil de l'amour les neiges accumulées en elle se fondaient peu à peu pour donner libre cours aux eaux irrésistibles et jaillissantes de la joie.

✸

4 mars 1950.

Et ouvertement je vouai mon cœur à la terre grave et souffrante, et souvent, dans la nuit sacrée, je lui promis de l'aimer fidèlement jusqu'à la mort, sans peur, avec son lourd fardeau de fatalité, et de ne mépriser aucune de ses énigmes. Ainsi je me liai à elle d'un lien mortel. (*Empédocle,* de Hölderlin.)

✸

On n'a que tardivement le courage de ce que l'on sait.

*

Les artistes et les pensées *sans soleil.*

*

« Malentendu au sujet de la tendresse, dit Nietzsche. Une tendresse servile qui se soumet et s'avilit, qui idéalise et qui se trompe — mais une tendresse divine qui méprise et qui aime, qui transforme et élève ce qu'elle aime. »

*

Le monde où je suis le plus *à l'aise :* le mythe grec.

*

Le cœur n'est pas tout. Il *doit être,* car sans lui... Mais il doit être maîtrisé et transfiguré.

*

Toute mon œuvre est ironique.

*

Ma tentation la plus constante, celle contre laquelle je n'ai jamais cessé de mener un exténuant combat : le cynisme.

*

Le paganisme pour soi, le christianisme pour les autres, c'est le désir instinctif de chaque être.

*

Non pas difficulté, mais impossibilité d'être.

*

L'amour est injustice, mais la justice ne suffit pas.

*

Il y a toujours dans l'homme une part qui refuse l'amour. C'est la part qui *veut* mourir. C'est elle qui demande à être pardonnée.

*

Titre pour le « Bûcher » : Déjanire.

*

Déjanire. « J'aurais voulu l'arrêter dans le temps, à ce jour déjà lointain des Tuileries où elle venait au-devant de moi, avec sa jupe noire et sa blouse blanche retroussée sur les bras dorés, les cheveux lâchés, le pied strict et son visage de proue. »

*

« Ce que je méditais de lui demander depuis longtemps, je le fis en ce soir extrême : le serment de
n'appartenir jamais à aucun autre homme. Ce que
la religion peut entraîner et permettre, je ne voulais
pas vivre si l'amour humain en était incapable. Elle
me fit alors cette promesse sans me demander mon
engagement. Mais dans la joie terrible et la fierté de
mon amour, je le lui promis, joyeusement. Il s'agissait
de la tuer, et de me tuer, d'une certaine manière. »

*

Là où l'amour est un luxe, comment la liberté ne
serait-elle pas un luxe ? Raison de plus, il est vrai,
pour ne pas céder à ceux qui font une double misère
de l'amour et de la liberté.

*

Voltaire a soupçonné presque tout. Il n'a établi que
très peu de choses, mais bien.

*

Roman. Personnages masculins : Pierre G., Maurice
Adrey, Nicolas Lazarevitch, Robert Chatté, M.D.b.,
Jean Grenier, Pascal Pia, Ravanel, Herrand, Oettly.
   Féminins : Renée Audibert, Simone C., Suzanne
O., Christiane Galindo, Blanche Balain, Lucette, Mar-
celle Rouchon, Simone M. B., Yvonne, Carmen, Mar-

celle, Charlotte, Laure, Madeleine Blanchoud, Janine, Jacqueline, Victoria, Violante, Françoise 1 et 2, Vauquelin, Leibowitz.

Michèle, Andrée Clément, Lorette, Patricia Blake, M. Thérèse, Gisèle Lazare, Renée Thomasset, Evelyne, Mamaine, Odile, Wanda, Nicole Algan, Odette Campana, Yvette Petitjean, Suzanne Agnely, Vivette, Nathalie, Virginie, Catherine, Mette, Anne.

*

« La mer et le ciel attirent aux terrasses de marbre la foule des jeunes et fortes roses. » A. Rimbaud.

*

Ceux qui écrivent obscurément ont bien de la chance : ils auront des commentateurs. Les autres n'auront que des lecteurs, ce qui, paraît-il, est méprisable.

*

Gide vient à l'U.R.S.S. parce qu'il pense *à la joie*.

*

Gide : L'athéisme seul peut pacifier le monde aujourd'hui (!).

*

Dialogue entre Lénine et un concentrationnaire russe.

*

Paris commence par servir une œuvre et la met
en avant. Mais une fois qu'elle est établie, c'est alors
que le plaisir commence. Il s'agit de la détruire. Il y a
ainsi à Paris comme dans certaines rivières du Brésil
des milliers de petits poissons dont c'est la tâche [1].
Ils sont minuscules, mais innombrables. Toute leur
tête, si j'ose dire, est dans leurs dents. Et ils vous
décharnent un homme, complètement, en moins de
cinq minutes, ne laissant que les os à blanc. Puis
ils s'en vont, dorment peu, et recommencent.

*

De Bossuet : « Le seul caractère dont soit capable
la plupart des hommes c'est de se révolter si on leur
refuse ce caractère. » Lui avait même perdu celui-là.

*

Comme ces vieilles gens qui dans une grande
maison autrefois pleine de vie et de cris se retranchent
dans un étage, puis dans une pièce, puis dans la plus
étroite des pièces où ils réunissent tous les gestes de
la vie — cloîtrés, et attendant l'étroit réduit, encore
plus strict.

1. On retrouve la même image dans *La Chute*, p. 1477 (Pléiade).

*

Avril 50. Cabris [1] de nouveau.

En somme, on y arrive. C'est difficile, mais on finit par y arriver. Ah ! ils ne sont pas beaux à voir. Mais on leur pardonne. Quant aux deux ou trois êtres que j'aime, ils sont meilleurs que moi. Comment accepter cela ? Allons, sautons.

*

Nuit brumeuse et chaude. Au loin, les lumières sur la côte. Dans la vallée, un énorme concert de crapauds dont la voix d'abord mélodieuse semble s'érailler. Ces villages de lumière, des maisons... « Vous êtes poète et moi je suis du côté de la mort. »

*

Suicide d'A. Bouleversé parce que je l'aimais beaucoup, bien sûr, mais aussi parce que j'ai soudainement compris que j'avais envie de faire comme lui.

*

Elles du moins n'ont pas comme nous l'obligation de la grandeur. Pour les hommes, même la foi, même l'humilité sont une épreuve de grandeur. Exténuant.

1. Cabris, près de Grasse.

*

Il arrive toujours un moment où les êtres cessent de lutter et de se déchirer, acceptent enfin de s'aimer selon ce qu'ils sont. C'est le royaume des cieux.

*

Assez de culpabilité — de repentir.

*

Claudel. Ce vieillard avide se ruant à la Table Sainte pour y bâfrer des honneurs... Misère !

*

Nouvelle. Une bonne journée. La dame mûre qui arrive seule. Cannes.

*

Dans grand roman. Lazarevitch. Adrey. Chatté (et ses comédies avec des personnages de rencontre).

*

Vieillir c'est passer de la passion à la compassion.

*

La dame qui prend du phosphate de chaux. A table. « Ce pauvre chien (un merveilleux épagneul feu), après tout ce qu'il a fait en Indochine comme actions d'éclat, vous croyez qu'on l'aurait décoré ? Mais non, chez nous il paraît qu'on ne décore pas les chiens. Remarquez qu'en Angleterre on les décore quand ils se sont bien conduits à la guerre. Mais chez nous ! Celui-là a beau avoir dénoncé toutes les embuscades de ces Chinois, non, rien. Pauvre bête ! »

*

La fille des bars. « Du courrier, ah ! non. Moi, je n'aime pas les cassements de tête. »

*

Le XIXe siècle est le siècle de la révolte. Pourquoi ? Parce qu'il naît d'une révolution manquée où seul le principe divin a reçu le coup mortel.

*

27 mai 1950.

Solitaire. Et les feux de l'amour embrasent le monde. Cela vaut la douleur de naître et de grandir. Mais faut-il vivre, ensuite ? Toute vie se trouve alors justifiée. Mais toute survie ?

*

Après *L'Homme révolté,* la création en liberté.

*

Que de nuits dans une vie où l'on n'est plus !

*

Mon œuvre pendant ces deux premiers cycles : des êtres sans mensonges, donc non réels. Ils ne sont pas au monde. C'est pourquoi sans doute et jusqu'ici je ne suis pas un romancier au sens où on l'entend. Mais plutôt un artiste qui crée des mythes à la mesure de sa passion et de son angoisse. C'est pourquoi aussi les êtres qui m'ont transporté en ce monde sont toujours ceux qui avaient la force et l'exclusivité de ces mythes.

*

Ce qu'il y a d'insensé dans l'amour c'est que l'on désire précipiter et *perdre* les jours d'attente. C'est ainsi qu'on désire se rapprocher de la fin. C'est ainsi que par un de ses aspects l'amour coïncide avec la mort.

*

Camp. Un gardien illettré qui s'acharne sur un intellectuel. « Tiens pour les livres ! Alors, on est intelligent... » etc. A la fin l'intellectuel demande pardon.

*

Les hommes ont le visage difficile de leur savoir (ces visages qu'on rencontre parfois, et qui savent). Mais parfois encore sous les cicatrices apparaît le visage de l'adolescent, qui rend grâces à la vie.

*

Près d'eux ce n'est pas la pauvreté, ni le dénuement, ni l'humiliation que j'ai sentis. Pourquoi ne pas le dire : j'ai senti et je sens encore ma noblesse. Devant ma mère, je sens que je suis d'une race noble : celle qui n'envie rien.

*

J'ai vécu sans mesure de la beauté : pain éternel.

*

Pour la plupart des hommes, la guerre est la fin de la solitude. Pour moi elle est la solitude définitive.

*

Rapide comme l'éclair, un seul et fulgurant coup de poignard, la saillie du taureau est chaste. C'est la saillie du dieu. Non pas jouissance, mais brûlure et anéantissement sacré.

*

Vosges [1]. Grâce au grès rouge, les églises et les calvaires ont la couleur du sang séché. Tout le sang

1. Camus était venu y poursuivre sa convalescence.

des conquêtes et de la puissance a ruisselé sur ce pays et séché sur ses sanctuaires.

*

Morale inutile : la vie est morale. Celui qui ne donne pas tout n'obtient pas tout.

*

Quand on a la chance de vivre dans l'univers de l'intelligence, par quelle folie souhaiter d'entrer dans les cris et la maison terrible de la passion.

*

J'aime tout ou je n'aime rien. C'est donc que je n'aime rien.

*

Fin de Déjanire. Il la tue avec application, peu à peu (elle disparaissait peu à peu devant lui et il regardait ses traits se dessécher, avec une affreuse espérance et un torturant sanglot d'amour). Elle meurt. Il retrouve l'autre, jeune à nouveau et belle. Un délicieux amour se levait à nouveau dans son cœur. « Je t'aime », lui dit-il.

*

Exercices spirituels de saint Ignace — pour prévenir la somnolence dans la prière.

✳

Toute la puissance de la science vise aujourd'hui à renforcer l'Etat. Pas un savant n'a songé à orienter ses recherches vers la défense de l'individu. C'est pourtant là qu'une franc-maçonnerie aurait un sens.

✳

Si l'époque n'était que tragique ! Mais elle est immonde. C'est pourquoi elle doit être mise en accusation — et pardonnée.

✳

I. Le Mythe de Sisyphe (absurde). — II. Le Mythe de Prométhée (révolte). — III. Le Mythe de Némésis.

✳

J. de Maistre : « J'ignore ce qu'est l'âme d'un coquin, mais je crois savoir ce que c'est que l'âme d'un honnête homme, et c'est à faire frémir. »

✳

Ouvrez les prisons ou prouvez votre vertu.

✳

Maistre : « Malheur aux générations qui s'adressent aux époques du monde. » Comme ce sage Chinois

qui, lorsqu'il voulait du mal à quelqu'un lui souhai-
tait de vivre une époque « intéressante ».

*

Baudelaire. Le monde a acquis une épaisseur de
vulgarité qui donne au mépris de l'homme spirituel
la violence [1] d'une passion.

*

Unterlinden : « Toute ma vie j'ai rêvé de la paix
des cloîtres. » (Et je n'aurais pu, sans doute, m'y
tenir plus d'un mois.)

*

L'Europe boutiquière — désespérante.

*

Engagement. J'ai la plus haute idée, et la plus passionnée, de l'art. Bien trop haute pour consentir à le
soumettre à rien. Bien trop passionnée pour vouloir
le séparer de rien.

*

« L'amour pour lui était impossible. Il n'avait
droit qu'au mensonge et à l'adultère. »

1. On hésite, au manuscrit, entre *noblesse* et *violence*.

❋

Claudel. Esprit vulgaire.

❋

Savoie. Septembre 50.
Les êtres qui comme M., éternels émigrants, sont
à la recherche d'une patrie finissent par la trouver,
mais seulement dans la douleur.

❋

La douleur et son visage ignoble parfois. Mais il
faut y rester et en vivre pour payer le prix. S'y
détruire pour avoir osé détruire les autres.

❋

Roman. « Il se souvenait qu'un jour, au cours
d'une de ces scènes atroces, alors que grandissait en
lui le pressentiment d'un avenir affreux, elle lui dit
qu'elle s'était juré de n'appartenir qu'à lui et que
jamais plus, lui disparu, il n'y aurait d'être pour
elle. Et à ce moment où elle croyait lui dire le plus
haut, le plus irrémédiable de leur amour, où elle le
disait en effet, à ce moment où elle pensait le lier et
le fondre en elle, la pensée lui vint au contraire, qu'il
était délivré et que c'était le moment de fuir et de
la laisser là, sûr de sa fidélité et de sa stérilité abso-
lues. Mais il resta ce jour-là — comme les autres. »

*

Paris. Septembre 50.

Ce que j'ai à dire est plus important que ce que je suis. S'effacer — et *effacer*.

*

Progrès : renoncer à dire à un être aimé la souffrance qu'il nous apporte.

*

La peur de souffrir.

*

Faulkner. A la question : Que pensez-vous de la jeune génération d'écrivains, il répond : Elle ne laissera rien de valable. Elle n'a plus rien à dire. Pour écrire, il faut avoir enraciné en soi les grandes vérités premières et dirigé son œuvre vers l'une d'elles ou toutes à la fois. Ceux qui ne savent pas parler de la fierté, de l'honneur, de la douleur sont des écrivains sans conséquence et leur œuvre mourra avec eux ou avant eux. Gœthe et Shakespeare ont résisté à tout parce qu'ils croyaient au cœur humain. Balzac et Flaubert aussi. Ils sont éternels.

— Quelle est la raison de ce nihilisme qui a envahi la littérature ?

— La peur. Le jour où les hommes cesseront d'avoir peur, alors ils recommenceront à écrire des chefs-d'œuvre, c'est-à-dire des œuvres durables.

✳

Sorel : « Les disciples somment leur maître d'avoir à clore l'ère des doutes en apportant des solutions définitives. »

✳

Il n'y a pas de doute qu'il faille à toute morale *un peu* de cynisme. Où est la limite ?

✳

Pascal : « J'ai passé longtemps de ma vie en croyant qu'il y avait une justice ; et en cela je ne me trompais pas ; car il y en a selon que Dieu nous l'a voulu révéler. Mais je ne le pensais pas ainsi et c'est en quoi je me trompais ; car je croyais que notre justice était essentiellement juste et que j'avais de quoi la connaître et en juger. »

✳

N. (Les Hellènes). « Audace des races nobles, audace folle, absurde, spontanée... leur indifférence et leur mépris pour toutes les sécurités du corps, pour la vie, le bien-être. »

✳

Roman. « L'amour s'accomplit ou dégrade. La mutilation qu'il finit par laisser est d'autant plus grande qu'il est plus avorté. Si l'amour n'est pas

créateur, il empêche à jamais toute vraie création. Il
est tyran et tyran médiocre. Ainsi P. se sentait-il peiné
de s'être mis dans le cas d'aimer sans pouvoir tout
donner à cet amour. Dans ce gaspillage insensé
d'heures et d'âme, il reconnaissait une sorte de justice
qui finalement était la seule qu'il eût vraiment ren-
contrée sur cette terre. Mais reconnaître cette justice
était en même temps reconnaître un devoir : celui de
hisser cet amour, et eux-mêmes, au-dessus de la médiocrité, celui d'accepter la souffrance la plus terrible
mais la plus franche, celle devant laquelle il reculait
depuis toujours, le cœur battant, éperdu de lâcheté.
Il ne pouvait faire plus ni être autre, et le seul amour
qui eût tout sauvé était un amour où il eût été accepté
tel qu'il était. Mais l'amour ne peut accepter ce qui
est. Ce n'est pas pour cela qu'il crie par toute la
terre. Il crie pour refuser la bonté, la compassion, l'intelligence, tout ce qui mène à l'accommodement. Il
crie vers l'impossible, l'absolu, le ciel en feu, le printemps inépuisable, la vie passant la mort, et la mort
elle-même transfigurée dans la vie éternelle. Comment eût-il été accepté, lui, dans l'amour, lui qui
n'était que misère d'une certaine manière, et conscience de cette misère. Lui seul pouvait s'accepter lui-
même — en acceptant la longue, interminable et
atroce douleur de perdre l'amour et de savoir qu'il
l'avait perdu par sa propre faute. C'était là sa liberté,
ruisselante d'un sang terrible, il est vrai. Mais c'était
aussi la condition pour que quelque chose au moins
soit créé dans les limites qui étaient les siennes, dans
la consécration de sa propre misère et de la misère
de toute vie, mais aussi dans l'effort vers la grandeur
qui seul le justifiait.

En deçà de cette torture, toute faiblesse rend à l'amour son visage puéril et stupide, en fait cette contrainte vaine et hagarde contre laquelle un cœur un peu exigeant finit par regimber. Oui, c'était cela qu'il fallait dire : « Je t'aime — mais je ne suis rien, ou peu de chose, et tu ne peux m'accepter réellement malgré tout ton amour. Tu exiges tout, au fond de l'âme, à la racine de toi, et je n'ai ni ne suis tout. Pardonne-moi d'avoir moins d'âme que d'amour, moins de chance que de désir et d'aimer plus haut que je ne puis atteindre. Pardonne-moi et ne m'humilie plus. Quand tu ne seras plus capable d'amour envers moi, tu seras capable de justice. Ce jour-là tu mesureras mon enfer, et tu m'aimeras alors par-dessus nous-mêmes d'un amour qui à moi non plus ne pourra jamais suffire mais que je mettrai quand même au compte de la vie pour l'accepter une fois de plus, dans la souffrance. » C'était cela, oui, mais alors commençait le plus difficile. Elle absente, les jours criaient, chaque nuit était une plaie. »

✱

La passion la plus forte du xxᵉ siècle : la servitude.

✱

A Brou, les statues de gisants de Marguerite d'Autriche et Philibert de Savoie, au lieu de regarder le ciel, se regardent éternellement.

✱

Ceux qui n'ont pas exigé la virginité absolue des

êtres et du monde, et hurlé de nostalgie et d'impuissance devant son impossibilité, ceux qui ne se sont
pas détruits à essayer d'aimer, à mi-hauteur, un visage
qui ne peut inventer l'amour et ne fait que le répéter,
ceux-là ne peuvent comprendre la réalité de la révolte
et sa fureur de destruction [1].

*

Action française. Mentalité des parias de l'histoire :
le ressentiment. Racisme de ghetto politique.

*

Je n'aime pas les secrets des autres. Mais je m'intéresse à leurs aveux.

*

Pièce : Un homme sans personnalité. Et il change
suivant l'image que les autres lui proposent de lui-
même. Lamentable lavette avec sa femme. Intelligent
et courageux avec celle qu'il aime, etc... Un jour
vient où les deux images entrent en conflit. Finalement :
La bonne : Monsieur est bien bon.
Lui : Tenez, Marie, voilà pour vous.

*

Peu de gens capables de *comprendre* l'art.

1. Cf. *L'Homme révolté*, p. 323.

✻

Au temps de Rembrandt, ce sont les fabricants qui peignent les batailles.

✻

Paris. La pluie et le vent ont jeté les feuilles d'automne sur les avenues. On marche sur une fourrure humide et fauve.

✻

Chauffeur de taxi, nègre, d'une courtoisie insolite dans le Paris de 1950, me dit en passant devant le Théâtre-Français bordé de voitures nombreuses : « La Maison de Molière est comble ce soir. »

✻

Depuis 2 000 ans, on assiste à la calomnie constante et persévérante de la valeur grecque. Le Marxisme sur ce point a pris la succession du Christianisme. Et depuis 2 000 ans, la valeur grecque résiste au point que le xxᵉ siècle sous ses idéologies est plus grec et païen que chrétien et russe.

✻

Les intellectuels font la théorie, les masses l'économie. Finalement les intellectuels utilisent les masses et à travers eux la théorie utilise l'économie. C'est pourquoi il leur faut maintenir l'état de siège et l'asservissement économique — pour que les masses restent des masses de manœuvre. Il est bien vrai que l'économie fait la matière de l'histoire. Les idées se contentent de la mener.

*

Je savais désormais la vérité sur moi et sur les autres. Mais je ne pouvais l'accepter. Je me tordais sous elle, brûlé au rouge.

*

Les créateurs. Ils devront d'abord se battre, quand la catastrophe arrivera. Si c'est la défaite, ceux qui auront survécu regagneront les terres où il sera possible de rassembler la culture : Chili, Mexique, etc. Si c'est la victoire : le plus grand danger.

*

XVIIIᵉ Siècle : Juger que l'homme est perfectible est déjà sujet de discussion. Mais juger, après avoir vécu, que l'homme est bon...

*

Oui, j'ai une patrie : la langue française.

*

Roman.

1) Prise de Weimar, ou l'équivalent, par les rayés [1].

1. Les rayés désignent sans doute les déportés concentrationnaires.

2) Au camp un intellectuel fier est soumis à la cellule des crachats [1]. Toute sa vie à partir de ce moment : survivre pour pouvoir tuer.

*

Dissolution du groupe [2]. Lazarevitch : « Nous nous aimons, voilà la vérité. Incapables de lever le petit doigt pour ce que nous aimons. Non, nous ne sommes pas impuissants. Mais nous refusons de faire même le peu que nous pourrions faire. Une réunion est de trop, s'il pleut, si nous avons eu une scène à la maison, etc., etc... »

*

Malhonnêteté de l'artiste quand il fait mine de croire à la démocratie des principes. Car il nie alors ce qu'il y a de plus profond dans son expérience et qui est la grande leçon de l'art : la hiérarchie et l'ordonnance. Que cette malhonnêteté soit sentimentale ne lui ôte rien. Elle mène à l'esclavage des usines ou des camps.

*

S. Weil a raison, ce n'est pas la personne humaine qu'il faut protéger, mais les possibilités qu'elle recouvre. Et puis, dit-elle, « on n'entre pas dans la

1. Cf. *La Chute*, p. 1530 (Pléiade).
2. Le groupe des Liaisons Internationales fondé pour venir en aide aux victimes de tous les régimes totalitaires.

vérité sans avoir passé à travers son propre anéantissement : sans avoir séjourné longtemps dans un état de totale et extrême humiliation ». Le malheur (un hasard peut m'abolir) est cet état d'humiliation, non la souffrance. Et encore « L'esprit de justice et l'esprit de vérité ne font qu'un. »

*

L'esprit révolutionnaire refuse le péché originel. Ce faisant, il s'y enfonce. L'esprit grec n'y pense pas. Ce faisant, il y échappe.

*

Les fous dans les camps de concentration. En liberté. Objets de cruelles plaisanteries.

*

Pendant la bastonnade, à Buchenwald, un chanteur d'opéra est forcé de chanter ses grands airs.

*

Id. Les témoins de Jéhovah, à Buchenwald, ont refusé de participer à la collecte de lainages pour l'armée allemande.

*

A Hinzert, les détenus français portaient deux majuscules sur leurs vêtements : HN : Hunde-Nation : Nation de chiens.

*

C'est parce que la France est une nation militaire que le communisme y a ses chances.

*

Pièce.

— Voilà l'honnêteté. Elle fait le mal, croyant faire le bien.

— Mais elle distingue.

*

Le principe du droit, c'est celui de l'Etat. Principe romain que 89 a réintroduit dans le monde par la force et contre le droit. Il faut revenir au principe grec qui est l'autonomie.

*

Texte sur la mer. Les vagues, salive des dieux. Le monstre marin, la mer à vaincre, etc. Mon goût désordonné pour le plaisir.

*

Alexandre Jacob : « Une mère, vois-tu, c'est l'humanité. »

*

Leibniz : « Je ne méprise presque rien. »

*

23 janvier 51 — Valence.

J'avais crié, exigé, exulté, désespéré. Mais à 37 ans, un jour, je connus le malheur et je sus ce que, malgré les apparences, j'avais ignoré jusque-là. Vers le milieu de ma vie il me fallut réapprendre péniblement à vivre seul.

*

Roman. « Moi qui depuis longtemps vivais, gémissant, dans le monde des corps, j'admirais ceux qui, comme S. W. semblaient y échapper. Pour ma part, je ne pouvais imaginer un amour sans possession et donc sans l'humiliante souffrance qui est le lot de ceux qui vivent selon le corps. J'allais jusqu'à préférer qu'un être qui m'aimât me gardât la fidélité du corps plutôt que celle de l'âme et du cœur. Je savais aussi bien que pour la femme celle-ci conditionne celle-là et je l'exigeais alors, mais seulement comme la condition de cette possession exclusive qui m'importait plus que tout le reste, dont la privation était une source infinie de tortures et qui était mon salut personnel. Mon paradis était dans la virginité des autres. »

*

Grasse, capitale des garçons coiffeurs.

*

Reprendre le passage de l'Hellénisme au Christianisme, véritable et seul tournant de l'histoire. Essai sur destin. (Némésis ?)

*

Recueil essais Philosophiques. Philosophie de l'expression + commentaire 1er livre Ethique + réflexions sur Hegel (leçons sur philosophie de l'histoire) + essai Grenier + commentaire Apologie de Socrate.

*

« La Liberté est un don de la mer. » Proudhon.

*

Ce que j'ai si longtemps cherché apparaît enfin. Mourir devient un consentement.

*

5 février. Mourir sans avoir rien réglé. Mais qui meurt ayant tout réglé, sinon... ? Régler au moins la paix de ceux qu'on a aimés... A soi rien n'est dû, pas même, surtout pas une mort pacifiée.

*

Février 1951 [1]. L'homme révolté. J'ai voulu dire la

1. Le manuscrit porte 1950. Il s'agit vraisemblablement d'une erreur.

vérité sans cesser d'être généreux. C'est là ma justification.

*

Travail, etc. 1) Essai sur la mer. Réunir livre
d'essais : la Fête. 2) Préface à édition américaine du
théâtre. 3) Préface à édition américaine des essais.
4) Traduction Timon d'Athènes. 5) L'amour du lointain. 6) La voix éternelle.

*

Ignace de Loyola. « La conversation est un péché
si elle est désordonnée. »

*

Après *L'Homme révolté*. Le refus agressif, obstiné
du système. L'aphorisme désormais.

*

Loyola. Le genre humain : « Ces hommes en
masse qui marchent à l'enfer. »

*

Nouvelle. L'angoisse de la mort. Et il se suicide.

*

Petite race d'écrivains parisiens qui cultivent ce
qu'ils croient être l'insolence. Les valets qui, en

même temps, singent les grands et les raillent à
l'office.

✻

Je souhaitais parfois la mort violente — comme
une mort où l'on soit excusé de crier contre l'arrache-
ment de l'âme. D'autres fois, je rêvais d'une fin
longue et constamment lucide pour qu'il ne soit pas
dit au moins que j'aie été pris par surprise — en mon
absence — pour savoir, enfin... Mais on étouffe, dans
la terre.

✻

1er mars 51.

C'est en retardant ses conclusions, même lorsqu'elles
lui paraissent évidentes, qu'un penseur progresse.

✻

Une vertu spectaculaire qui amène à nier ses passions. Une vertu plus profonde qui mène à les équilibrer.

✻

Ma puissante organisation pour l'oubli.

✻

Si je devais mourir ignoré du monde, dans le fond

d'une prison froide, la mer, au dernier moment, emplirait ma cellule, viendrait me soulever au-dessus de moi-même et m'aider à mourir sans haine [1].

*

7 mars 1951.

Terminé la première rédaction de l'Homme Révolté. Avec ce livre s'achèvent les deux premiers cycles. 37 ans. Et maintenant, la création peut-elle être libre ?

*

Tout accomplissement est une servitude. Il oblige à un accomplissement plus haut.

1. Cf. *La Mer au plus près*, p. 187-188.

NOTES BIOGRAPHIQUES

1942 A. Camus, malade, gagne la France pour se reposer au Chambon-sur-Lignon.

Le débarquement en Afrique du Nord l'empêche de regagner l'Algérie.

1943 A. Camus s'installe en fin d'année à Paris. Il est lecteur chez Gallimard, et entre à la rédaction de *Combat* clandestin.

1944 Il assume la rédaction de *Combat* clandestin après le départ de Pascal Pia, chargé d'autres missions.

Après la Libération, il devient rédacteur en chef de *Combat*.

1945 Naissance de ses enfants Jean et Catherine.

1946 Voyage en Amérique du Nord.

A. Camus abandonne la rédaction de *Combat*.

Il y reparaît en fin d'année avec *Ni victimes ni bourreaux*.

1947 A. Camus assure la direction de *Combat* pendant les mois d'avril et mai et cède le journal à Claude Bourdet.

1948 Voyage en Algérie.

Soutien à Garry Davis.

1949 Voyage en Amérique du Sud, d'où Camus revient malade.
1950 Convalescence à Cabris, puis dans les Vosges.
1951 Polémiques sur *L'Homme révolté*.

OUVRAGES ÉCRITS OU PUBLIÉS
de 1942 à 1951

1942 L'ÉTRANGER (Gallimard). Terminé en février 1940.

LE MYTHE DE SISYPHE (Gallimard). Terminé en février 1941.

1943 LES EXILÉS DANS LA PESTE (Domaine français).

L'INTELLIGENCE ET L'ÉCHAFAUD (*Confluences*).

PREMIÈRE LETTRE A UN AMI ALLEMAND (*Revue libre*).

1944 DEUXIÈME LETTRE A UN AMI ALLEMAND (*Cahier de Libération*).

LE MALENTENDU (Gallimard). Terminé en 1943.

CALIGULA (Gallimard). Ecrit en première version en 1938.

PRÉFACE A CHAMFORT (*Incidences*).

1945 REMARQUE SUR LA RÉVOLTE *dans* L'EXISTENCE (Gallimard).

PRÉFACE AU « COMBAT SILENCIEUX » D'ANDRÉ SALVET (Portulan).

1946 LE MINOTAURE (*L'Arche*). Écrit en 1939-40.

PRÉFACE A « L'ESPAGNE LIBRE » (Calmann-Lévy).

1947 LA PESTE (Gallimard).

PRÉFACE AUX « POÉSIES POSTHUMES » DE RENÉ LEYNAUD (Gallimard).

PRÉFACE A « LAISSEZ PASSER MON PEUPLE » de JACQUES MÉRY (Seuil).

LES ARCHIVES DE LA PESTE (*Cahiers de la Pléiade*).

PROMÉTHÉE AUX ENFERS (Palinugre).

1948 L'ÉTAT DE SIÈGE (Gallimard).

ʼ L'EXIL D'HÉLÈNE (Permanence de la Grèce).

1950 LES JUSTES (Gallimard). Créé en 1949.

L'ÉNIGME.

ACTUELLES I (Gallimard).

1951 L'HOMME RÉVOLTÉ (Gallimard).

RENCONTRES AVEC ANDRÉ GIDE (N.N.R.F.)

Reproduit et achevé d'imprimer
par Évidence au Plessis-Trévise,
le 10 février 1999
Dépôt légal : Février 1999
1er dépôt légal : Décembre 1964
Numéro d'imprimeur : 734

ISBN 2-07-021220-3/Imprimé en France

89754